LETTRES NÉERLANDAISES
série dirigée par Philippe Noble

IZAK

DU MÊME AUTEUR

L'ENFANT OMBRE, Actes Sud, 2004.

Titre original :
Izak
Editeur original :
Uitgeverij Contact, Amsterdam

ISBN 2-978-2-7427-9744-8

P. F. THOMÉSE

Izak

roman traduit du néerlandais (Pays-Bas)
par Annie Kroon

ACTES SUD

A mon fils Frédéric,
tjutju Maluku,
negeri Aboru,
pulau Haruku[1].

1. Petit enfant des Moluques, du village d'Aboru, dans l'île de Haruku.

L'éducation de l'oreille est ce qu'il y a de plus important.

Exercez-vous de bonne heure à distinguer chaque ton et chaque tonalité.

Examinez quels sons produisent la pendule, le verre, le coucou.

ROBERT SCHUMANN,
Conseils aux jeunes musiciens.

Et Il dit : Ne porte pas la main sur le jeune garçon et ne lui fais rien.

Genèse, XXII, 12.

I

Le jeune garçon, couché à plat ventre sous la galerie de la façade, écoute la pluie qui se déchaîne. Ça vient de commencer, de partout c'est une explosion de violence surnaturelle, le tonnerre roule du haut des montagnes en jurant. Donc, contourner la maison en courant à l'aveuglette, se réfugier à l'arrière, sous la table bancale de la terrasse, près de la remise, il n'en est plus question. La pluie est en fureur, elle crépite, tambourine, mitraille du haut du ciel assombri avec la brutalité des dieux courroucés. Des oiseaux crient, des branches craquent. Si on ne se met pas à l'abri, l'eau vous cingle de son fouet et vous emporte. Soedah*[1], patience, mon gars.

Encore un moment, et il devrait percevoir les signes de la mise en ordre. Du moins s'il tend bien l'oreille. Alors, soudain, elle est là, la petite musique de l'eau, comme il la nomme pour lui-même, les sonorités de la pluie qui sortent comme par magie du vacarme et déploient leur éventail de leurs doigts prestes.

1. Tous les mots et expressions suivis d'un astérisque à leur première occurrence sont en malais *(bahasa Indonesia)* dans le texte. A l'exception de la dédicace, l'auteur a utilisé l'ancienne orthographe en vigueur jusqu'en 1947. Le *oe* se prononce *ou* et le *j* après consonne comme un *y*. *(Sauf mention contraire, les notes sont de la traductrice.)*

Mais ce n'est pas toujours le cas. On doit d'abord les entendre arriver dans sa tête, les entendre approcher. Comment dit-on cela, quand on attend si intensément une chose qu'elle est pour ainsi dire déjà là ?

Il est convaincu que la musique se cache partout. Toutes les choses ont leur timbre, leur sonorité propre. A l'intérieur de chacune se trouve un son qui attend discrètement le moment d'être émis. Il suffit de bien écouter : tout ce qui est touché se fait entendre. Tout ce qu'on entend a été touché.

Soudain il craint que la musique ne soit déjà là sans qu'il puisse la comprendre, que les sons auxquels il prête attention ne soient pas les bons, qu'il perçoive uniquement les bruits détachés, le tintamarre que fait la pluie.

Il est peut-être trop tendu en écoutant, il doit essayer de *ne pas* écouter. Détends-toi, petit. Attends que la musique vienne te trouver, là, sous la maison.

Les averses font rage, elles tambourinent sur les feuillages, battent furieusement la charge sur la maison et les annexes. Le bord du toit coiffant la galerie est une cataracte, le sentier, un torrent de montagne tourbillonnant, un kali*[1] de boue tiède. Rien pour l'endiguer, pas le moindre petit obstacle pour l'arrêter, en dévier le cours. S'il ne se méfie pas, il sera emporté par le flot lui aussi.

Il peut entrer dans la maison, ça oui. Njonja*[2] lui a donné une clé, "Viens ici mon garçon", elle lui a mis rapidement la clé dans la main, personne n'a rien pu voir. C'est arrivé le matin où les écoles ont fermé, elles aussi. Son maître avait déjà été

1. Rivière.
2. Madame.

emmené, disaient-ils, on l'avait fait monter dans un gros camion et hop, en route ! Il a couru tout le long du chemin pour voir si njonja Alma était encore chez elle. C'est une petite clé, pas une clé de porte d'entrée. Peut-être la clé d'une armoire, ou d'un coffre, ou bien celle d'un tiroir, ou d'un petit volet. A dire vrai, il a oublié de demander à quoi elle servait. Il était bien trop fier que njonja lui ait fait confiance à lui, et pas à ses propres djongos*[1]. Mais pff ! il n'est pas d'ici, lui, il est natif d'Amboine.

Pourtant il n'ose pas entrer. Même pas pour tapoter rapidement sur les touches, avec deux doigts. De plus en plus vite, jusqu'à ce que les doigts trébuchent sur le clavier.

Quand njonja Alma reviendra, elle lui apprendra comment il faut faire. Dans la maison, sur le piano, il y a les grands livres plats où tout est écrit : des pages à l'impression serrée, couvertes de signes incompréhensibles, une écriture codée qui déborde toujours des lignes, exprès. Quand on veut jouer, il faut d'abord poser le livre grand ouvert sur le pupitre. “Regarde, dit alors njonja, tandis que ses mains continuent à jouer toutes seules. Ce que tu entends, c'est ce qui est écrit là.” D'un signe de tête elle désigne le livre ouvert devant elle. Et lui, de fixer ces signes noirs qui tombent de la page comme des gouttes de pluie, et ces doigts souples qui semblent savoir infailliblement sous quelles touches se dissimulent les tons justes. Mais il a beau écouter, il a beau regarder, il n'y comprend rien.

Et maintenant il est trop tard pour poser des questions.

1. Boys, domestiques.

Il a l'air d'un passager clandestin, ainsi caché sous la galerie de la façade. Seulement personne ne vient le déloger, il n'y a personne pour dire : "Enfin, nous le tenons !" Au-dessus de lui il n'entend aucun signe de vie : certainement pas le clic-clac des talons des dames hollandaises sur le parquet, et pas même le craquement discret des pieds des domestiques. Ici il est tranquille, il peut rester aussi longtemps qu'il veut.

Avec deux doigts, ceux du milieu, il sent dans la poche de sa culotte courte s'il a encore la clé, comme ça, pour être sûr. La terre humide commence à lui coller à la peau. Il se retourne, souple comme un petit singe, se met sur le dos et fait tomber de son estomac et de ses cuisses tout ce qui le chatouille : brindilles, feuilles, bestioles. Dans cette position, il a au-dessus de sa tête les fentes du plancher de la waranda*[1], juste trop étroites pour qu'on puisse regarder à travers. Alternance de lumière et d'ombre. Puis il se met sur le côté, voit, depuis son abri, la pluie qui rebondit en crépitant – comme si elle sursautait, effrayée par la violence qu'elle porte en elle.

*

Il ne veut pas partir tout de suite, pas comme ça, non. Il croit soudain entendre des voix au-dessus de lui, des pas, un bruit sourd sur la galerie arrière, il n'en est pas sûr, c'est peut-être la pluie. Pourtant il n'ose pas sortir de son kolong*[2], s'il tombe sur des inconnus, danger ! Une bande armée de pillards,

1. Galerie extérieure.

2. Tout espace vide situé au-dessous de quelque chose, maison, table, piano, etc.

peut-être, qui cherchent de l'argent caché dans les maisons abandonnées. De nouveau, et puis encore une fois, il entend quelque chose. Oui, il a peur qu'il n'y ait réellement des intrus là-haut. Il devrait ramper sous la maison, en direction du bruit, et regarder à travers les interstices des planches. Mais il a peur, oui. Peur aussi de zyeuter tjoeri-tjoeri*, en catimini, allongé dans sa cachette. Car s'il les voit, c'est qu'ils existent vraiment.

Ne jamais se trouver face à face avec l'étranger, ne jamais montrer son visage, Izak connaît sa leçon. Ils doivent ignorer qu'il est là et qui il est.

Il attend encore. Il ferme les yeux pour se retirer plus profondément dans l'invisible, pour pouvoir capter par l'oreille – si possible ! – ce qui ne peut être vu. Mais non, il ne se passe rien. Les bruits ne se détachent pas assez pour se changer en hommes. Le danger ne se montre pas à visage découvert. S'est-il retiré ? Ou bien s'est-il dissimulé un peu plus loin ?

Il n'y a que l'eau qui dégoutte des feuilles des arbres – plic-ploc, plic-ploc –, qui dévale le grand toit pentu et – splash ! – s'abat dans les flaques.

Progressivement il entend le silence se glisser hors de ses abris, trouver en hésitant son chemin entre les dernières gouttes d'eau ; à l'intérieur de la maison, le silence évite les planchers qui craquent, se répand en douceur sur les chaises vides et les tables des pièces inhabitées et s'endort dans la poussière moelleuse qui a recouvert tous les objets, grands ou petits.

Il devrait maintenant se faufiler à l'intérieur, en ouvrant l'œil, voir si des pieds boueux ont piétiné les tapis, si des mains avides et graisseuses ont tripoté les couvercles, les loquets.

Mais il n'ose pas, car il a beau être tout ouïe, il ne peut pas entendre qu'il n'y a personne. Dans le silence le plus profond, et précisément dans le silence le plus profond, quelqu'un peut se tenir caché et quand il ouvrira la porte – avec une extrême prudence ! – ce quelqu'un lui sautera dessus avec un sabre étincelant, tchac-tchac !

Mieux vaut retourner au kampong*[1]. Mieux vaut ne rien savoir encore.

*

Tout a changé, maintenant qu'il y a la guerre. Si on ne fait pas attention, on ne retrouve pas sa maison. Il a failli marcher vers le tangsi*, la caserne – machinalement il voulait aller dans cette direction. Parce que dans sa tête tout est resté pareil. Dans son esprit, ils sont encore tous là, les militaires et leurs familles ; dans le baraquement, toutes les iboes*[2], alignées en rang, font la cuisine, une escouade de mamans vêtues de batik*[3], armées de faitouts et de wadjan*, de tjobèk* et d'oelekan*[4]. C'est bien embêtant de ne pas continuer par là. Ne pas aller tout droit mais tourner à gauche, ça fait bizarre, vraiment.

Pendant tout ce temps, il a l'impression qu'il se trompe de chemin. Se retrouve parmi les mauvaises personnes. Les pères ne portent pas d'uniformes, ils ont la chemise qui pendouille sur le pantalon, leurs orteils dépassent de leurs sandales. Dans le kampong, ce sont tous des joueurs de dés, des menteurs, seulement bons à saloper l'ouvrage, dit sa mère. Il ne connaît personne.

1. Quartier populaire dans les faubourgs.
2. Mères de famille.
3. Tissu imprimé selon la technique dite "en réserve de cire".
4. Woks, mortiers et pilons.

Dans les bâtiments blancs de la caserne, sur les hauteurs de la ville, l'armée impériale de Djepang*[1] est en manœuvres ; ils font l'exercice du matin au soir ! Ils essaient d'imiter l'armée de bapa*[2], la vraie, maintenant que bapa est parti. Bapa est-il au courant ? Est-ce que bapa peut lire aussi dans les pensées des orang-orang*[3] de Djepang ? Il est interdit de s'approcher du champ de manœuvres, si on regarde – pif ! paf ! – on est tiré comme un padda*[4].

Il a peur que, en chemin, un cinglé de la Kempeitai*[5] ne surgisse des taillis en poussant un cri sauvage ; ils ont le droit de trancher la caboche de n'importe qui, sans raison. Le sabre pend lourdement à un large ceinturon fixé autour de la taille. Ils doivent saisir le sabre à deux mains pour le dégager et le brandir, à ce qu'il paraît. Un seul coup de sabre, et la caboche gît sur le sol, à deux pas.

Machinalement il se met à chantonner un petit air qu'il connaît encore de jadis. L'air lui vient tout seul, il n'y pensait même pas. C'est une chanson d'Amboine, bapa la chante toujours quand il fait nuit, quand il est couché et dort déjà, ou fait semblant. Izak ne connaît pas exactement les paroles, il fredonne quelques notes. Bapa dit : "Ça parle du creux qu'on sent à l'estomac, pas quand on a faim, mais quand quelque chose vous manque terriblement. Parfois, quelque chose vous manque si terriblement, dit bapa, qu'on ne sait même plus de quoi il s'agit, on a complètement oublié !"

1. Japon.
2. Papa.
3. Hommes.
4. Passereau des rizières.
5. Police militaire japonaise durant l'occupation de l'Indonésie.

Izak entre dans le kampong en passant sous le petit porche cintré, il doit aller jusqu'au bout du chemin, c'est là qu'ils habitent, dans un pondok*, une cabane de rotang, rien de plus. Non, ici, pas d'allées avec des noms européens, la route qui mène à leur nouvelle demeure est faite de sentiers et de passages dérobés que personne ne peut nommer. Il faut faire attention ici aussi, entre ces petites remises en gedek*[1] et ces palissades de bilik*[2] tout se ressemble, et on entre chez des étrangers sans y prendre garde, on va s'asseoir sur le sol, jambes croisées, les mains posées dans son giron.

Maintenant qu'il a plu, il est encore moins facile de s'y retrouver. Dans sa tête aussi, d'ailleurs. Comme si la pluie avait effacé le nouveau trajet vers la maison. Tout est devenu gadoue. Il faut marcher avec précaution sur les étroits sentiers boueux, sinon on a vite fait de glisser.

Partout du bruit, la rumeur du kampong, derrière toutes les palissades il entend le remue-ménage des gens. Nulle part on ne peut s'échapper, pas un coin pour se cacher.

Le petit air est encore dans sa tête, sur ses lèvres. En réalité, il faudrait s'accompagner à la guitare, avec des cordes qui reprennent doucement ce qui vient d'être dit dans la chanson. Mais il n'a pas de guitare, alors c'est lui qui fait l'accompagnement avec des "woin-ing" et des "wa-waaa" prolongés, c'est mieux que rien.

Il sent le creux à l'estomac, exactement comme dans la chanson. Bapa dit : "Ce creux s'appelle Amboine. C'est bien que tu le sentes, comme ça tu sais qu'il est toujours là."

1. Cloison de bambou tressé.

2. Jonc tressé.

Izak ne vient pas de là-bas. Il est né ici, à la caserne. Mais, d'après bapa, ça ne compte pas. Il n'est pas d'ici, pour sûr. Il est un anak maloekoe*, un enfant des Moluques. Un point c'est tout. Les grands du kampong se moquent de lui en le traitant d'anak kolong*, d'enfant de la caserne. Il s'en fiche. Des Javanais, pff ! Qu'est-ce qu'ils en savent, d'abord ? Et du reste, il préfère être d'en haut plutôt que d'ici, du kampong.

Chaque fois qu'il le peut, il va vers la ville haute, déambule le long des allées, sous l'ombre fraîche des grands canaris, en songeant au jour où il jouera du piano dans la belle maison de njonja Alma.

"Loin, loin, loin, fredonne-t-il, loin, loin, loin de la maison. Woin-ing, wa-waaa."

La chanson l'aide, elle le guide à son insu à travers les venelles crasseuses, il n'a pas besoin de faire attention, il sera bientôt là où il doit être, il lui suffit de suivre la mélodie, rien de plus.

*

Où qu'il aille, il y a des yeux, des oreilles. Son père peut même lire dans les pensées, il peut aussi entendre ce que disent les bêtes, personne d'autre que lui ne le peut, mais bapa est parti maintenant. Il a suivi la guerre, dans son bel uniforme de la KNIL[1]. Les bandes molletières, avec quel soin son père les enroule autour de ses jambes, pas un centimètre de peau qui soit à nu. Les lacets bien tirés, le béret un brin de travers, le long fusil sur le dos et en avant marche ! Direction les montagnes. Hardi, petit ! Il se demande si bapa, là-bas, dans

1. Armée royale indo-néerlandaise.

les montagnes obscures, est tranquillement assis à lire un livre.

Des yeux, il n'en manque pas ici non plus, tout regarde ! Mainates, geckos, paddas : de chaque arbre on l'observe et on prend note de son passage. On se renseigne mutuellement, on fait passer l'information, il n'y a qu'à entendre comme ça crisse, ça siffle, ça murmure, ça susurre.

Il essaie coûte que coûte de rester secret. Visible mais inaperçu. Il est là, mais frrt ! dès qu'il est passé, il n'a jamais été là. Comme la pluie qui s'arrête, comme la musique qui disparaît sitôt venue, elle naît sous les doigts et puis envolée !

Personne ne peut lui faire quoi que ce soit. Celui qu'ils voient n'est pas celui qu'il est. Pour des milliers d'yeux, c'est un gamin qui passe, pieds nus, sa peau brune maculée de boue grise, non, il n'est pas d'ici. Personne n'est au courant du serment entre njonja et lui, un serment dont le piano, dans sa grande maison blanche, est la preuve.

Donc quand il marche dans le kampong, entre les pondoks de jonc et de bambou, ils le voient, d'accord, mais ils ne le voient pas.

*

Parfois il doute que sa mère soit bien sa mère. Et ses frères et sœurs ? Pfft… ! Ils sont si différents, ceux-là, ils ne lui ressemblent pas du tout. Il veut seulement être le fils de bapa mais bapa n'est pas là. Il vaut mieux qu'il habite chez njonja, la maison est assez grande et il peut s'occuper du piano, faire briller comme un miroir la laque noire. Mais njonja n'est pas là non plus, ils l'ont emmenée. Que faire alors ? Il veut aller chez njonja, il veut retrouver sa njonja.

Il marche le plus lentement possible, compte ses pas, des pas de plus en plus petits, un pied devant l'autre, jusqu'à ce que son talon gauche écrase les orteils du pied droit.

Est-ce qu'il ne les entend pas se chamailler dans le pondok ? Non, non, ou plutôt si ! On dirait une cage remplie de poulets sur le pasar*[1]. Avec leurs voix criardes qui s'égosillent. Et puis on reprend son souffle et on recommence à débiter la même chose.

Il espère que njonja peut le voir, où qu'elle soit. Njonja ne doit pas oublier de revenir de la guerre, non, il ne faut pas qu'elle oublie.

Une odeur de nasi poetih*, de terasi*, de sereh*[2] lui parvient de derrière les clôtures. Chez lui, dans le pondok, ils se bousculent déjà devant le wadjan. Ils se bousculent toujours. S'il n'y prend pas garde, il n'a même pas un coin où dérouler sa natte le soir, pas un coin pour dormir ! Et s'il en fait la remarque, ils recommencent à parler tous en même temps, de plus en plus haut, de plus en plus fort – cot-cot-coot et cot-cot-coot ! –, c'est à qui coupe le sifflet à l'autre, à qui parle le plus fort.

S'ils continuent comme ça, il ira dormir dans la maison de njonja, c'est sûr. Il a la clé, pas vrai ?

Bon, il entre, ils sont tous en train de se disputer et c'est lui qui se fait insulter ! Sa mère lui crie : "Où l'as-tu mis ? Tu devais l'apporter. Nakal*, méchant garnement ! Si ton père était à la maison, il te flanquerait une raclée avec sa ceinture !" Qu'est-ce qu'il devait apporter ? De quoi parle-t-elle ? Elle hoche la tête. "Petit, tu me feras mourir, qu'est-ce que j'ai fait pour mériter un gosse pareil ?"

1. Marché.
2. Riz blanc, pâte de crevettes et citronnelle.

Il fixe le sol, il attend qu'elle ait enfin terminé sa petite leçon.

Ses pensées tissent autour de lui un mur invisible de telle sorte qu'il ne peut plus rien entendre. A l'intérieur il est bien tranquille, personne ne peut entrer. Comme s'il était sous l'eau et s'enfonçait. Il ne sait pas nager, mais ça n'est pas grave. Il pince les narines, ferme les yeux, l'eau fait pression de tous les côtés, lui bouche les oreilles, l'air est à l'intérieur, il faut qu'il le préserve, il n'y en a qu'un petit peu et il doit faire avec. Il reste au fond aussi longtemps qu'il peut.

Quand il remontera à la surface, tout sera différent.

*

Njonja avait dit : "Mon mari est mort, malheureusement ; quand tu seras grand, tu m'épouseras, n'est-ce pas ?" Izak ne sait pas, il doit réfléchir. "Tu as quelqu'un d'autre dans ta vie alors, tu as une petite amie, oui, c'est ça, tu as une petite amie." Non, ce n'est pas ce qu'il veut dire, il veut dire : il ne sait pas ce que c'est que d'être grand. Est-ce qu'il sera blanc plus tard ? Un toean*, un monsieur à la peau blanche dans un costume de toile légère ? Avec le crâne chauve, et à la main un panama qu'il tient devant son zizi ? Il connaît la photo jaunie du mari de njonja, le cadre ovale se trouve sur le piano. L'homme mort ne sourit pas, il n'est pas content d'être mort. A moins que je ne sois comme bapa plus tard ? Ça jamais ! Il ne veut pas se marier avec iboe, toujours des punitions, toujours des disputes. Il veut rester avec njonja, elle sait qui il est, elle va lui donner des leçons. Njonja a dit : "Je vais t'apprendre."

S'il devient le mari de njonja, il pourra habiter chez elle. A condition d'être blanc ! Sinon, pas question ! Mais il peut être son ami. Il est déjà un petit peu l'ami de njonja, un tout petit peu, n'est-ce pas ?

D'abord il doit apprendre à jouer du piano, avec les dix doigts, a dit njonja, elle ne veut pas d'un homme qui fait des fausses notes. Njonja peut voir à ses mains si quelqu'un est apte ou non à jouer du piano. Elle le voit à la conformation des doigts, dit-elle. Elle prend la main d'Izak, elle tâte les doigts, pétrit les phalanges, et dit : "Voilà des mains de pianiste, je le jure, aussi vrai que je te parle."

Elle s'imagine la scène, dit-elle, Izak assis au piano, jouant devant des salles pleines de Néerlandais silencieux, sur le bateau en partance pour Semarang, Batavia, Rotterdam ! Elle nomme des villes inconnues, d'une voix légèrement chantante, comme s'il s'agissait de mélodies qu'elle connaissait de jadis. Mais, d'abord, il doit se marier avec elle, dit-elle. "Tu ne penses tout de même pas que je vais te laisser partir ainsi ? Bientôt tu ne me connaîtras plus, les hommes sont comme ça, j'en sais quelque chose." Izak se dit : Je suis encore petit, ce n'est pas possible, je n'ai pas la peau assez blanche, est-ce qu'elle ne le voit pas ? Il ne veut pas le lui dire pour ne pas l'offenser. "On peut se fiancer alors ?" suggère njonja. Est-ce qu'elle se moque de lui ? Il ne sait pas ce que veut dire "se fiancer". Va-t-il faire non de la tête, faire oui, ou ne rien faire ? "Très bien, dit njonja, nous voilà fiancés !" Elle rit en ouvrant tout grands ses yeux bleu ciel, son visage est aussi lumineux que le jour. "Je suis fiancée à un beau petit garçon brun, qui l'eût cru ? Personne d'autre ne doit le savoir, n'est-ce pas ?"

*

Le lendemain, il retourne au quartier européen. Vite, vite. Il ne marche avec précaution que sur la dernière partie du chemin, dans l'allée qui mène à la maison. Il se doute de quelque chose, ses pieds nus cherchent à tâtons les endroits où le sol de la forêt est plus doux, parmi le foisonnement des tiges rampantes.

Kasihan[1]* ! La porte d'entrée monumentale donnant sur la galerie est enfoncée, l'énorme masse est couchée dans le grand vestibule comme un appontement, une tête de pont. Et, lui, il est là. Il n'a plus besoin de respecter les convenances au milieu d'un tel saccage, et pourtant il n'ose pas entrer comme ça. Les esprits des bandits sont comme des panthères dans l'ombre des forêts, ils l'épient.

Il pense : Le piano ! Et dans sa tête sommeille le faible éclat d'un vernis noir de jais. Il ne veut pas regarder, il ne veut pas savoir. Si c'est vrai, que dira-t-il à njonja ? Il lui a promis, il lui a juré, zut alors, quel tjelaka*[2] !

Etonné, il se balance d'un pied sur l'autre sur la porte allongée, étonné de pouvoir entrer aujourd'hui si facilement. Il pense aux après-midi où on faisait de la musique. Tous ces messieurs importants et leurs épouses distinguées, il les a vus si souvent ici, le nez collé à la vitre pour ne pas en perdre une miette. D'un instant à l'autre, tout peut reprendre vie, il le *sent :* les njonjas et les toeans, assis, debout, négligemment appuyés, avec leurs petites manières de faire comme ci et pas comme ça, captifs de la musique qui tinte et ruisselle, se multipliant à toute vitesse jusqu'à ce qu'elle ait englouti tout et tous.

1. Misère de misère !

2. Quelle histoire !

C'est ainsi que ça se passe, oui, et un peu plus loin dans la pièce, dissimulée derrière le piano, est assise njonja Alma, elle ferme les yeux et se retire dans son rêve. Elle n'a plus besoin de regarder, ses doigts souples savent exactement sous quelles touches ils trouveront la musique.

Il sursaute en entendant des voix sur la galerie, deux hommes, en chair et en os. Il veut se cacher mais il se trouve déjà face à l'un des deux, un vieux Javanais qu'il ne connaît pas. "Qu'est-ce que tu fais là ?" Et avant qu'il ait pu répondre, un deuxième petit vieux se plante devant lui. "Apa kau kelola disini*, qu'est-ce que tu fabriques ici ?" demandent-ils sévèrement.

Qu'est-ce qu'ils croient, ces ancêtres ? Qu'il... ? Ce sont peut-être des gens qui faisaient partie du personnel de njonja. Et alors ? Pourquoi auraient-ils plus de droits que lui ? Il est sur le point de leur dire qu'il a la clé de njonja, mais il retient sa langue, à temps.

Les vieux Javanais le mettent en garde. Des inconnus sont venus ici, disent-ils, non, ce n'étaient pas des pillards, ils avaient un papier de l'armée japonaise, ils ont mis le piano de njonja dans une caisse en bois qu'ils ont chargée sur un camion militaire. Et allez, roulez !

Il a la tête qui bourdonne, au niveau des genoux il la ressent déjà cette chute vertigineuse qui se produit au moment où l'esprit dévisse sans pouvoir trouver le moindre point d'appui dans le corps.

Il ne doit pas se laisser aller, certainement pas maintenant, c'est son devoir de garder confiance, d'être digne d'elle maintenant qu'elle est partie. Si quelque chose compte pour lui, c'est bien cela. Njonja Alma n'a pas donné sa clé à n'importe qui, n'est-ce pas ? C'est à lui, lui seul, qu'elle l'a donnée.

*

Le voilà parti. Il n'a rien dit à sa mère, il vaut mieux qu'elle ne sache rien, comme ça elle ne se fait pas de souci. Pas de soesah*[1], s'il te plaît, maman, je reviendrai, c'est sûr. Il pense : Quand je serai là-bas, très loin d'ici, je retrouverai njonja. Quand je serai parti, je ne serai pas loin, mais au contraire tout près. Plus je m'éloignerai, plus je serai près du but. Et si je me perds dans la montagne, alors bapa est là, caché quelque part dans le noir, il viendra me sauver.

La grand-route s'éloigne et disparaît dans le tournant. Tout reste pareil, il faut qu'il avance, toujours plus loin, dans cette direction. Il marche au bord de la route, dans l'herbe qui a été piétinée, sous les cocotiers poussiéreux. Des officiers japonais passent et repassent dans des autos qui grondent et aboient, retardées par des chars à bœufs au pas traînant, venus de la campagne, et par des betjaks*[2] qui, stoppés sur leur lancée, crachant et jurant, doivent être poussés sur la pente de la colline ; des mobylettes toussent, expectorent des bouffées noirâtres et puis foncent à pleins gaz – vroum ! vroum ! – au milieu de l'embouteillage.

Le jeune garçon sent les bruits vibrer en lui de la tête aux pieds. Ouvre de grands yeux. Il voit tout, il absorbe tout, ça le fait enfler, il devient de plus en plus grand, plus grand et plus plein que tout ce qui l'entoure. Mais, en une seule expiration, il fait sortir tout ce qu'il y a en lui, il devient de plus en plus petit, si petit que personne ne fait attention à lui, dans l'animation d'un jour qui commence à peine. Il compte ses pas, il chantonne en

1. Pas d'histoires !
2. Cyclopousses.

comptant, tantôt deux, tantôt trois, tantôt quatre pas à la fois. Il renverse la tête en marchant, son visage est strié par les rayons du soleil que filtrent les palmes. Derrière ses paupières il voit du rose, les veinules minces comme un fil, quand le soleil étincelant essaie de traverser sa peau pour briller en lui. Comme si son corps n'avait pas de face externe et que le monde n'en eût pas non plus, comme si le monde et lui débordaient secrètement l'un sur l'autre.

Au bord de la route, il y a les waroengs*[1]. "Selamat makan, toean*, bon appétit, jeune homme." Il sent les pièces tièdes au fond de sa poche, mais n'ose pas rester devant un de ces éventaires, à lorgner toutes ces bonnes choses, en calculant ce qu'il peut acheter de ceci et de cela, combien il lui reste pour les jours à venir.

Il pense à ce qu'on mange à la maison, tout d'un coup il pense à la maison : comme le repas doit se languir de lui, en l'attendant en vain dans le calme de l'après-midi. S'ouvre en lui le vide sans fond dans lequel on bascule immanquablement, la peur s'agrippe en lui, lui asticote les intestins.

Pour la première fois il perd confiance en lui, juste au moment où il se rend vers la zone des combats, là où, dans la végétation impénétrable, des couteaux miroitent comme des feuilles de bambou, des yeux à l'affût brillent comme des gouttes d'eau, là où, dans les coins obscurs, le silence retient son souffle comme un assassin en cavale qui se cache.

Il ressent de la peur aussi, à cause de la mission que lui a confiée njonja. Mais aussi de la fierté. Elle

1. Echoppes avec cuisines ambulantes.

t'a pris les mains, tu sais bien, et elle a dit : "Ce sont des mains de pianiste, aussi vrai que je te parle."

Il peut enfin lui montrer qu'il est digne de sa confiance, accomplir son serment.

Les petits vieux ne lui en ont guère appris davantage. Mais, heureusement, il voit le piano comme s'il l'avait sous les yeux. Il en connaît chaque ligne, chaque nervure, chaque creux, chaque éraflure, il connaît les touches comme ses doigts. Non, il ne se fait pas de souci à ce sujet, il est sûr de revoir le piano.

*

Il ne reconnaît plus rien ici. Sous ses pieds, le sol de la forêt est le même et pourtant différent. Les arbres, leurs troncs, leurs feuillages : les mêmes et pourtant différents. Même le chant des grillons résonne autrement, ils aiguisent leurs couteaux dans ses oreilles qui sifflent. Pourtant il avance comme s'il connaissait encore tout, il fait celui qui sait où il va. Les pieds sur le sol, les mains dans les poches. Quand il étire ses doigts, il sent du sable dans les coutures, le sable s'insinue aussitôt sous ses ongles.

La route n'en finit pas de grimper, et, donc, lui aussi. Il marche sous un toit de feuilles à travers lesquelles joue le soleil.

Le voilà en haut, ici tout est aérien, ses yeux nagent dans le bleu. Si loin, si haut ! Quelque part, tout en bas, la route s'enfonce en serpentant, petite et insignifiante, devenue soudain toute gratuite. Depuis l'endroit où il est, la vue s'étend jusqu'à l'horizon. Dans le lointain, le paysage qui descend en pente douce devient bleu, il ne peut distinguer si c'est encore la montagne ou si c'est déjà le ciel.

Tout près un oiseau entame son chant, aigu comme un flûteau. Izak serre les lèvres pour bien écouter. Mais l'oiseau se tait. Le jeune garçon entend respirer le paysage, les collines sont des dormeuses qui lui tournent le dos. Il ressent comme dans sa propre poitrine le faible va-et-vient de la respiration. S'il ferme les yeux, il se retrouve chez lui, recroquevillé sur sa natte, à rêvasser, les mains jointes sous la joue en guise d'oreiller. Les bruits s'éloignent de plus en plus, ils se retirent à pas de loup. Là où il dort, tout s'endort autour de lui, sagement, docilement.

Il est au bord du paysage qui rêve. A perte de vue, tout est tranquille désormais. Les choses ici ne sont au courant de rien. Il vaut mieux ne pas déranger le pays profond et lointain. C'est un grand bonhomme velu qui est couché sur le ventre. S'il se relevait, kasihan ! Misère ! Tous les arbres et toutes les montagnes lui tomberaient dessus avec fracas. Ne le dérange pas, boediman*[1], laisse-le rêver.

Tout ce que touche Izak devient doux comme sa peau. L'herbe haute dans laquelle il s'allonge tresse une corbeille exactement faite à sa taille. Tel un petit animal, le voici couché dans l'herbe, loin sous le ciel d'une clarté éblouissante, loin sous les frondaisons des grands arbres, il est étendu tout en bas, sur le sol de la forêt. Il flaire, juste au-dessous de l'herbe, l'odeur douceâtre de pourriture et d'humus, le terreau noir et meuble, issu de plantes mortes, souillées, où se cache la vermine chatouilleuse.

*

Il s'imagine entendre au loin les sonorités d'un gamelan, transparentes comme l'air, fines comme

1. Si tu es malin.

le vent qu'elles emportent sans bruit avec elles. Lui aussi devient léger : une feuille dans la brise, une feuille de sommeil qui se pose sur le kali et dérive au fil de l'eau.

Les petits gongs au son mat, les cordes qui vibrent dans l'après-midi azuré, on dirait qu'une brise joue délicatement à travers. Chaque ton est une chose fragile qui vacille sur le bord, tombe en avant et bascule dans un puits sans fond. Des sons qui n'engorgent pas l'oreille. Afin qu'on puisse entendre ce qu'on *n'entend pas.*

Le silence se creuse de plus en plus entre les sons, il les entend encore, on dirait, mais ils ne sont presque plus audibles, de temps à autre résonne encore un bruit, très très loin, mais il n'est plus tout à fait sûr d'entendre réellement quelque chose, si vaste et impénétrable est la nappe de sommeil qui s'étend autour de lui.

II

Quand il se réveille, les musiciens, grands, à la peau sombre, font cercle autour de lui, l'écrasant de leurs ombres massives. Ils pincent leurs cordes d'un air pensif, font distraitement tinter leur attirail métallique. Il croit qu'il rêve encore, il veut le croire. Aussitôt il fait semblant de continuer à dormir. Tidoer*, dors, mon gars ! A travers ses cils, il lorgne les silhouettes inconnues, elles se penchent sur lui comme sur une marchandise à vendre, à échanger.

Puis ils le questionnent : "Alors, mon p'tit gars, qu'est-ce que tu fais là, tout seul ? Où est ton père, ta maman ?" Il craint qu'ils ne le renvoient chez lui. Il dit : "Bapak est ici, dans la montagne, il est parti à la guerre, avec les soldats."

Pour paraître plus grand, il se met sur ses pieds mais les hommes ne reculent pas d'un pouce ; alors il s'accroupit sur le sol, prisonnier d'une cage de jambes. On parle de lui au-dessus de sa tête ; l'un dit "guerre", perang*, un autre dit "père", bapak ; un autre encore dit "montagnes", pergoenoengan* ; quelqu'un dit "anak", un gamin. "Vers où, ke mana* ?" demande-t-on. Mais pas à lui.

Il rapetisse à vue d'œil, se fait ouistiti, mulot, hanneton, fourmi, jusqu'à être invisible. Caché dans un petit trou que personne ne connaît.

Dans le noir de sa tête il voit le champ de manœuvres où chaque jour son père doit frapper le sol avec les pieds. Tous les soldats sont alignés, et quand le sergent crie, ils se mettent à piétiner l'herbe sur place, comme un seul homme. Menèndang kàki, menèndang kàki*[1]. De toutes leurs forces. Et pourtant leur uniforme reste impeccable. Pas de faux pli, rien qui grimace. Le béret planté droit sur le crâne. La chemise kaki, bien repassée, rentrée dans le pantalon. Les bandes molletières strictement ajustées. Les souliers rutilants. Beaucoup plus loin, de l'autre côté du champ de manœuvres, mais très visible, une trompette brille au soleil, claironne à la ronde ses notes pétillantes, un coq d'or dans le matin bleu. Chaque fois il voudrait bien que les soldats se mettent à chanter, mais ils ne le font jamais. Ils martèlent le sol de leurs souliers pesants, ils tambourinent leur rengaine avec les pieds, si lourdement, si fort que la terre tremble.

Les musiciens fument des cigarettes grésillantes, ils sont assis en demi-cercle autour de lui, écrasant les hautes herbes ; leurs orteils brou de noix, d'une taille impressionnante, sont rétractés dans leurs tongs, les gros toeans à part, qui se redressent, les djongos-djongos, plus petits, alignés, un rang au-dessous. Ils sont si gros, ces doigts de pieds, et il y en a tant qu'ils pourraient bien lui sauter dessus. Les hommes eux-mêmes n'y prêtent pas attention, comme s'ils n'étaient pas concernés par cette armée d'orteils. Ils parlent tous à la fois si bien que personne ne peut comprendre, et ils s'esclaffent bruyamment, tous à la fois. Ils aboient plutôt, oui, c'est ça. Dans leurs aboiements il entend rire de vieux chiens qu'on excite. Et ils n'arrêtent pas de téter leurs cigarettes, en plissant les yeux, les joues creusées

1. Marquer le pas, marquer le pas !

parce qu'ils aspirent tant qu'ils peuvent ; les clous de girofle[1] crépitent comme un feu d'artifice, il respire la fumée douceâtre qu'ils oublient d'avaler.

Derrière eux, sur l'herbe, il y a les instruments inconnus. Mais ce qu'ils sont beaux, ces instruments ! Il voudrait les toucher l'un après l'autre, les examiner pour trouver les sons vivants sous ces matériaux morts : du fer-blanc, de l'étain, du cuivre martelés, de la peau de porc tendue, du bois de jacquier évidé, des tiges de bambou taillées. Il veut taper dessus, souffler dedans, pincer, racler les cordes, frapper les tambours, faire tinter les grelots. Si les musiciens n'avaient pas été là, il l'aurait fait, betoel[2]* ! Il n'aurait pas lâché les instruments avant de savoir comment ça fonctionnait, ses mains tomberaient d'elles-mêmes dans la musique.

Les hommes demandent comment s'appelle bapak, ils cherchent à savoir son grade, deviner son régiment. Il ne sait pas s'il a le droit de le dire, il répond : "C'est un secret", bapak est parti sans prévenir dans la montagne, personne ne doit savoir ce qu'il fait là. Ils continuent à le questionner : Son nom, c'est un tel ou un tel ? Il est grand ou petit ? Est-ce qu'il n'aurait pas une petite moustache noire par hasard ? Non ? Oui, nous l'avons aperçu, peut-être, hier, ou l'an dernier, à moins que ce ne soit hier, tout de même.

C'est impossible, il faut qu'ils le sachent. Il ne veut pas être conduit à bapak. Ils ne doivent pas le renvoyer chez lui, il veut leur dire qu'il doit rejoindre njonja, retrouver le piano, mais les mots ne sortent pas de sa bouche, ils lui restent sur la langue, qu'ils sont lourds et épais !

1. Le tabac des cigarettes a été imprégné d'huile de clou de girofle.

2. Vrai de vrai !

Soudain il y a à manger. Il sent la nourriture avant de la voir. Lempers*[1] et lontong*[2] sont distribués à la ronde. Un des hommes désigne du doigt, compte les petits paquets, reprend une portion à l'un des types, la lui redonne finalement. *Et moi ?* pense sa bouche. *Il n'y a rien pour moi ?* Selamat makan, ils se régalent, selamat makan, ils se lèchent les babines, très bien, mais ils ne voient donc pas qu'il a faim, lui aussi ? Lapar peroet koe*, *j'ai faim*, crie son œsophage, *j'ai faim*, gargouille son estomac à travers sa peau fine, à travers sa chemise trempée de sueur. Est-ce qu'ils n'entendent pas ? Il écoute avec envie leurs grognements de satisfaction quand ils mordent dans la nourriture, il entend leurs clappements de langue, le bruit sec des dents qui s'entrechoquent ; manger les rend silencieux, ils en oublient même leurs cigarettes qui se consument entre leurs doigts bruns sans une seule étincelle.

Oui, ils entendent son ventre, ils se rendent compte seulement maintenant qu'on l'a oublié. "Le gosse, adoeh*, hou là là ! Nous n'avons pas pensé au gosse." Et aussitôt ses mains sont trop petites pour contenir tout ce qu'on lui donne, le lemper, le lontong, le ketimoes*[3], tout est là, autour de lui, et lui au milieu. "Merci beaucoup à vous tous, terima kasih* !" Il va grignoter avec plaisir, dit-il poliment.

"Très bien, disent les hommes, mais grouille-toi un peu."

L'un d'eux est déjà debout, il choisit un instrument sous le canari. Les lames de métal miroitent

1. Rouleaux de riz gluant fourrés de viande hachée, enveloppés dans une feuille de bananier

2. Riz cuit à la vapeur dans une feuille de bananier.

3. Gâteau au lait de coco.

au soleil. L'homme soupèse l'instrument et l'accroche dans son dos. Izak dévore à belles dents. Les autres se lèvent à leur tour, mais lui reste assis, occupé à farfouiller dans la feuille de bananier qu'il vide entièrement, il engloutit en plus deux blocs de lontong. On voit les hommes penser : Il n'a pas encore fini ? Il voudrait répondre : Si, si, j'ai fini, mais il a la bouche trop pleine pour parler.

Chacun ramasse un instrument sur l'herbe, sauf lui, avec ses doigts sales et gras, il n'a rien à emporter. Mais si, le piano de njonja, évidemment ! Voilà son instrument à lui. C'est pourquoi il dit : "J'ai perdu mon piano."

Les hommes le regardent, évaluent sa taille à vue de nez : Est-il assez grand pour atteindre le clavier ? se disent-ils. Ils échangent un coup d'œil, quelqu'un dit quelque chose, et un autre dit autre chose, et ainsi de suite, jusqu'à ce qu'ils recommencent à parler tous ensemble, d'une manière incompréhensible et aussi fort qu'ils peuvent. C'est drôle, mais il y a un mot qui s'échappe régulièrement des palabres. Il jaillit, clair et léger, de leur baragouinage, comme un poisson d'argent jaillit de l'eau noire. Piano. Pi-ing, kli-ing ! Dans la discussion animée, le mot résonne doucement, comme une corde qui chante, mais ne connaît pas la suite de la mélodie.

*

Il ne sait pas s'il peut ou s'il doit les accompagner. Quoi qu'il en soit, il part avec eux. Ils ne le laissent pas porter un instrument, non, on lui attribue un baluchon graisseux, enfilé sur un bâton, sinon il se salirait les mains. Il veut demander s'il y a de la nourriture dans le baluchon. Mais les hommes sont déjà en marche, ils sont devenus des silhouettes ourlées de lumière, il fait de son mieux pour ne pas être à la traîne.

Ils grimpent en suivant la lisière d'un bois, à l'ombre par conséquent. Il doit faire attention, sinon le sentier lui glisse sous les pieds. Des petites pierres se détachent, basculent, ricochent sur la roche abrupte avec des rebonds de plus en plus amples, et disparaissent teka teki*, mystérieusement, dans l'invisible.

En bas dans la vallée, il aperçoit des karbaus qui paissent. Un peu plus loin un petit village avec ses toits de chaume jaune, on dirait des chapeaux emportés par le vent, abandonnés sur le pré. Ces chapeaux de paille lui sont familiers. Les paysans de chez lui, dans les rizières qui bordent le kali, portent exactement les mêmes.

Mais il ne peut pas bien voir au loin, la lumière du soleil est si blanche, elle efface tout encore une fois.

Sur les dos et les épaules qui avancent devant lui se balancent les instruments énigmatiques, c'est du bronze, de l'étain, du bois. Il ne connaît pas leurs noms, il ne connaît pas les sons, il voit seulement des formes impressionnantes, inimitables, des indications mystérieuses destinées à des initiés. De temps à autre, quand quelqu'un a le pied qui glisse, les petits gongs tintent ; il n'est pas sûr d'ailleurs de les entendre, il n'est pas sûr non plus que quelqu'un ait failli glisser.

Les hommes avancent résolument, ils savent dans quelle direction aller. Lui n'en sait rien, il marche et il marche derrière eux. Aucun d'entre eux ne se retourne, ils l'ont peut-être déjà oublié. Il pourrait s'enfuir, avec le baluchon qu'on lui a donné. Mais il ne sait pas où aller, donc il continue à les suivre.

Prudemment, il glisse deux doigts à l'intérieur du sac. Il pense à une grosse pisang goreng*[1], à un lemper, ses doigts touchent quelque chose de moelleux qui devrait être bien bon. Quelqu'un fait claquer sa langue. Il sursaute, retire sa main. Il se retourne : personne. Mais de nouveau quelqu'un fait claquer sa langue contre son palais. Tss ! boedak*[2], tss-tss !

Devant lui, les hommes lourdement chargés peinent, leurs dos sont silencieux ; il entend seulement le craquement des brindilles qu'ils écrasent en marchant. Il ne peut pas s'imaginer que l'un d'entre eux…

Tss ! Tss !

Il comprend maintenant ! L'un des hommes ne porte pas d'instrument de musique ; sur son dos bringuebale, tangue et oscille une cage à oiseaux, le tissu qui la recouvre a glissé. Un oiseau qui parle, un mainate, s'agite derrière les minces barreaux de jonc.

Les oiseaux parleurs chipent les âmes. Betoel ! Pour sûr ! Quand quelqu'un va mourir, ils arrivent avec leur bec noir et tac, tac ! Les dernières paroles ? Un coup de bec, tac ! et envolés ! Soudain il a peur. Est-ce que bapak, ou iboe… ou peut-être, non, c'est impossible, pas njonja ! Il ne doit pas penser à une chose pareille, non ! Il ne doit pas évoquer son nom. Dire autre chose, vite ! *La, si, do*, sur un grand vélo. Makam[3]* makam makam un bon miam-miam sorti du gros sac.

Tss-tss ! fait le mainate.

Il observe de nouveau l'oiseau de jais, scrute les petits yeux noirs, ronds et brillants, qui épient.

1. Banane frite.

2. Larbin !

3. Manger.

Non, c'est impossible, se dit-il. L'âme de njonja n'est pas là-dedans. Jamais elle ne regarde ainsi, selamba*, d'une manière aussi insolente, et elle ne fait jamais tss-tss à son adresse. Non, ce n'est pas son âme, il ne veut pas le croire. Njonja Alma vit encore, betoel ! se dit-il, elle se trouve quelque part ailleurs. Et pas dans cet oiseau !

*

Ils marchent et ils marchent, depuis combien de temps, il ne sait pas. Ils sont entrés dans la forêt obscure, les plantes lui cinglent le visage. Des rais de soleil scintillent ici et là, flèches ou plutôt couteaux de lumière qui percent le feuillage.

Et puis (sans qu'il s'en rende compte, par distraction ?) ils ont traversé la zone sombre et se retrouvent dans la lumière blanche. La lumière lui pique les yeux, il n'y voit plus rien. Les hommes s'interpellent, l'avertissent : un ravin ! Djoerang*, le mot est prononcé à mi-voix, c'est le mot des cauchemars sans recours. Au début il ne voit pas le ravin, ses yeux sont encore éblouis. On lui crie : "Attention !" Mais à quoi ? Et soudain – ouille ! – il l'aperçoit, il en a le vertige. Quel à-pic ! Un kali scintille tout au fond, le soleil se brise sur l'eau en mille éclats. On dirait des éclats de verre, un sentier de verre. Derrière lui, dans les arbres, il entend crier des singes-araignées. Le mainate les entend aussi, fait "iéék-iéék", saute dans sa cage comme un fou. Comme s'il était lui-même un petit singe.

Les hommes discourent. A tour de rôle, ils montrent du doigt le bord opposé. Terriblement proche en dépit de la profondeur vertigineuse. Un grand bond, et on est de l'autre côté, estime Izak. Du moins si on est une grande personne, car pour un petit garçon, c'est la chute assurée, et il se retrouve au fond mati mampoes*, mortibus !

Quelqu'un lui donne une boulette de riz gluant, lui met le petit paquet dans la main et retourne auprès des autres. Il commence tout de suite à manger, en prenant de petites quantités entre le pouce et l'index, c'est plus mauvais que chez lui, pourtant il mange.

Vont-ils sauter ? Il ne le croit pas, il croit qu'ils vont trouver quelque chose, un pont de lianes, une corde pour se lancer au-dessus du ravin. A moins qu'ils ne descendent tout en bas, en s'aidant des mains et des pieds ?

Il regarde ce qu'il y a en face sans intérêt particulier. Il n'y a pas de différence avec ce côté-ci, c'est ça qui est drôle ; c'est seulement parce qu'ils sont ici qu'ils veulent être là-bas. Tout en mangeant, il racle du talon le sol dur, détache gravier et cailloux qu'il envoie valser du pied par-dessus le rebord, allez ouste, envolés !

Il le voit maintenant, la montagne semble fendue en deux pour laisser passer la rivière au milieu. Les deux moitiés s'ajustent encore mais recoller les morceaux, ce n'est plus possible (il pouffe de rire), donc ça va rester comme ça pour toujours.

Il lève les yeux de temps en temps, suit sans écouter les discussions farouches des autres, voit leurs lèvres rigides, leurs dents découvertes, leurs mains véhémentes qui débitent l'air en tranches. Et dans sa cage, posée au petit bonheur parmi les instruments de musique, le mainate jase et jacasse gaiement au diapason. Tchac-tchac ! – quand les mains fendent l'air. Tss ! – quand les langues viennent siffler entre les dents.

"Bodoh boeroeng,* stupide oiseau, fait Izak à mi-voix.

— Quoi quoi ? répond le mainate. Ada apa*, c'est quoi, ça ? Ada apa ?" répète l'oiseau.

Plus le temps passe, plus le bord opposé lui semble éloigné et étrange. Comme s'il était plus tard là-bas qu'ici, plus tard dans la journée, et plus sombre aussi, comme si la nuit était sur le point de tomber. Le soir a déjà gagné l'immense voûte de verdure, il attend le moment de faire son apparition ; à l'exemple des animaux, la nuit se tient cachée sous les frondaisons.

*

Les musiciens ne connaissent pas njonja, ils viennent d'une autre ville. Ils disent le nom, mais il ne le comprend pas, du moins pas assez pour le retenir. Il demande s'ils jouent du piano. Pardon ? demandent-ils en rigolant tous ensemble. Quelqu'un essaie d'imiter une dame distinguée : la bouche en cul-de-poule, le menton relevé, le petit doigt en l'air. Les rires redoublent. Non, sinjo*[1], pas nous, on ne joue pas de piano.

Ils se rendent à un mariage, ils doivent se produire trois jours de suite. "Pépètes, pépètes ! disent-ils, en se frottant le pouce sur l'index, comme pour faire briller une pièce d'un florin. C'est pourquoi il faut absolument qu'on passe de l'autre côté, disent-ils, on nous attend là-bas, là-bas, nous serons importants."

Soudain du bois craque, il y a des appels, le fracas de branches. Un boqueteau de bambous est abattu, ils vont construire un pont, disent-ils, il peut donner un coup de main. On ébranche les tiges,

1. Petit monsieur (désigne un jeune Européen en petjoh, dialecte indo-néerlandais).

les cannes nues sont alignées avec soin sur le sol, mais il ne faut pas jeter les rameaux, lui dit quelqu'un, ils serviront tout à l'heure à lier les tiges entre elles.

Il se demande si ces arbres minces pourront supporter leur poids. Crrrac ! On va tous dégringoler dans le ravin, et ce sera la fin, pour sûr. Il dit : "Est-ce qu'il ne vaudrait pas mieux abattre une autre espèce d'arbres ? Un arbre, très grand et très gros, qui soit assez fort, un de ces colosses qui tomberait précisément en travers du ravin, une fois coupé par le milieu." On rigole : ce serait formidable, tentoe*, naturellement ! Mais ils ne sont pas assez grands pour s'attaquer à ce genre d'arbres, sajang*, c'est bien dommage, ils ne réussiraient pas à l'abattre, ils n'ont pas de haches non plus. Donc, sinjo, on n'est tout simplement pas assez costauds pour ton plan.

Des doigts longs et souples tressent les rameaux pour en faire une corde. Quelqu'un joue de la flûte, un soeling*, une flûte de bambou, du même bois que le pont qu'on fabrique, elle insuffle la vie dans le pont. Les mains et les doigts de ceux qui tressent la corde suivent les doigts qui bougent sur le soeling, ils reproduisent ce qui leur est chanté, ils marmonnent et murmurent à l'unisson, ils fredonnent l'histoire que la flûte leur raconte, c'est l'histoire des rameaux qui deviennent corde, de la corde qui tient le pont, du pont qui les mènera sur l'autre bord, mais pas encore, car la corde est toujours rameaux, les cannes de bambou sont posées côte à côte sur l'herbe, et l'autre bord est encore loin, dit la flûte, les mains approuvent, et, lui, il peut le voir de ses propres yeux.

Derrière eux, dans la forêt, oiseaux, singes, geckos se déchaînent et le mainate dans sa cage ne sait pas ce qu'il doit faire. Doit-il siffler avec la flûte ou hurler avec la forêt ? L'oiseau sautille nerveusement dans sa cage et cogne régulièrement son petit crâne contre les barreaux.

La flûte poursuit une mélodie, Izak n'écoute pas vraiment, ses doigts détachent les feuilles des rameaux, le pont prend forme, lentement. Il n'a rien d'autre à faire qu'à attendre ; ce qui arrive arrive de soi-même. Il doit seulement être vigilant, attendre et être vigilant, il doit seulement être là.

*

Pendant la nuit, il est réveillé en sursaut par le tohu-bohu. Lumière fantomatique des torches. Flamboiement sur le noir des frondaisons épaisses. Les hommes crient comme des singes. Ils frappent le sol avec des branches. "Oelar* ! Oelar ari* ! Un serpent, un serpent venimeux !" D'abord il ne réalise pas. "Awas* !" disent-ils, attention ! Un serpent, brrr ! Un serpent avec du venin. Soudain il a l'impression que ça le chatouille de partout, sous ses vêtements, sur son dos nu, il n'ose plus bouger. Il sent continuellement sur sa peau comme quelque chose d'un reptile. Il ne sait pas ce que c'est, une langue fourchue, quelle horreur ! Mais non, tout de même pas.

Il se dit qu'il dort. Rêve qu'il est éveillé.

Kraa !… kraa ! Les hommes croassent comme des corbeaux, ils fouettent le sol avec leurs branches, ils martèlent la terre de leurs talons.

La forêt est pleine de bêtes silencieuses aux aguets qui retiennent leur souffle. Lui aussi retient son souffle pour mieux écouter. Les poils follets se dressent sur sa peau comme des antennes. Son cœur bat à grands coups, c'est un poing qui cogne dans sa poitrine.

"Quelqu'un a été mordu ?" demande-t-il avec une petite voix. Il l'espère, c'est mieux si le serpent s'en est pris à quelqu'un d'autre. Mais personne n'écoute, tout le monde hurle. Est-ce qu'ils ont déjà été mordus ? se dit-il. Est-ce qu'ils crient de douleur ? A la lumière des torches il voit leurs faces effrayantes, grimaçantes. Il voit aussi le feuillage qui s'éclaire, comme l'écran d'un ancien théâtre d'ombres chinoises, pense-t-il, un wajang poerwa*, mais il ne distingue aucune marionnette dans la lumière mouchetée.

Tout d'un coup, c'est comme si la forêt était mimée par des humains, des adultes invisibles tenant habilement des branches, des éventails de feuilles qu'ils bougent de manière à faire vaciller la lumière. Ils ont inventé un serpent pour lui faire peur. Ce serpent ils l'ont inventé, c'est *leur* serpent. Mais lui, livide de frousse, ne sait rien, ne peut rien faire d'autre que les croire.

Et il a également oublié où il se trouve. Il ne connaît pas tous ces gens qui hurlent. Qu'est-ce qu'ils font là, autour de lui ? Où est bapa ? Où est le sentier qui passe derrière la maison ? Tout est bouché par des branches et par l'obscurité, il fait noir comme dans un four.

Soudain des grelots tintent, un gong résonne, des tambours grondent. Alors il se souvient. Les hommes ont planté les torches dans le sol, en demicercle autour d'eux, leurs mains tambourinent frénétiquement sur le kendang* et le ketipoeng*[1], quelqu'un frappe plus vite que le vent sur les tuyaux métalliques du saron*[2]. L'esprit du serpent est capturé dans l'esprit de la musique. Des rideaux d'un métal cliquetant sont tirés, aussi invisibles que le

1. Tambour à double membrane et petit tambour.
2. Sorte de petit xylophone.

serpent lui-même, il y a un tintement de chaînes, une cage de fer, qu'on entend seulement et qu'on ne voit pas, où sont fixés d'innombrables rivets. Le serpent peut s'échapper de son propre corps, peut-être, mais il ne s'échappera pas d'ici !

Et quand le soeling commence à chanter doucement, il sait que le danger est passé. Le kendang et le saron, le ketipoeng et les bonangs*[1] le savent aussi. Les hommes considèrent l'affaire comme réglée et éteignent leurs torches en silence.

Seule la flûte continue encore un peu. Dans les ténèbres elle tisse un fil très mince, si vaporeux, si fin qu'il faut avoir le sommeil léger si on veut le voir.

*

Le pont est là. Et maintenant ? Les hommes s'interrogent mutuellement du regard. Etroite et fragile, leur réalisation est suspendue au-dessus du vide, elle grince et couine au moindre souffle de vent. A tour de rôle ceux qui l'ont fabriquée tirent sur la corde végétale, scrutent les profondeurs, font claquer leur langue. Se regardent tous encore une fois. Quelqu'un allume une cigarette, ils allument tous une cigarette. Ils pompent la fumée tant qu'ils peuvent de sorte que leurs cigarettes se mettent à crépiter. Et ils toussent, on dirait qu'ils aboient, la fumée leur sort par les oreilles.

Puis l'un d'eux pointe le doigt, et ils pointent tous le doigt. En direction du pont, de l'autre bord, du fond. Ils voient quelque chose – mais quoi donc ?

Soudain ils regardent tous dans sa direction. “Engkau* ? Hep ! Toi ! disent-ils. Tu es prêt, petit ?” Il voit

1. Gong horizontal.

bien qu'ils se retiennent pour ne pas rire, pour ne pas rire de lui. "Anang, ke mari* ! dit l'un d'eux, à toi d'y aller, p'tit gars !" Quelqu'un le tire par le bras. Lâchez-moi, lâchez-moi. Il a envie de dire : je n'ai pas peur, qu'est-ce qu'ils croient, ces types ? Il essaie de se dégager, non pour prendre ses jambes à son cou, mais pour marcher de lui-même, monter tout seul sur la passerelle. Hardi, toean ! J'y vais, j'y vais. A condition qu'ils ne le poussent pas. Il vacille. Non, ce n'est pas lui, c'est le pont qui vacille. Lui se tient solidement sur ses jambes, il sent le bambou sous la plante de ses pieds, ses mains s'agrippent aux lianes qui servent de rambarde. Entre les barreaux il y a le vide. Non, il ne faut pas regarder. Le vide sous lui attire, l'aspire. Ce qu'il voit entre ses pieds, tout en bas, c'est un paysage en miniature, mignon comme tout. Il n'y a aucune raison d'avoir peur. C'est bien trop petit pour signifier encore quelque chose. Il faut regarder devant soi, rester calme. S'il regarde en bas, il pense à la chute. Il ne doit pas quitter l'autre bord des yeux, il doit mettre d'ores et déjà ses pensées en lieu sûr.

Dans son dos, il entend des indications qu'il ne comprend pas. A moins que les types ne toussent, tout simplement ?

Au milieu du pont, il s'arrête, il ne sait pas pourquoi, pour sentir l'air infini dans lequel il marche, il a envie de renverser la tête, de regarder le ciel, il le fait, il sent qu'il plane, bien au-dessus du précipice, léger comme un papillon. Sa tête se vide, il a un peu le vertige, il a la tête si vide tout à coup. Libre comme un oiseau il est entre ciel et terre. Il est le seul qui ait osé, le seul qui ait osé être là où il est. Il a envie de crier, et pourquoi pas ?

Sans qu'il y prenne garde, ça explose. AA-WHOUAAAAAH !!! Il sursaute. Quel bruit bizarre ! C'est lui qui a fait ça ? Le cri rebondit dans le ravin, est répercuté par les versants et disparaît, évanoui dans le bleu qui est au-dessus de sa tête.

*

Quand il est passé, les autres suivent. Le pont se balance horriblement, à cause aussi de toutes ces choses lourdes qu'ils emportent avec eux. Il faut les voir peiner, messieurs les musiciens. Il y a quelque chose de changé depuis qu'il a été le premier à gagner le bord opposé. Il a grandi et eux ont rapetissé. Il a été plus fort qu'eux, et ils le savent. Pour tout dire, c'est lui qui devrait marcher en tête désormais.

Seulement il ne sait pas où aller. Il se demande comment les autres arrivent à trouver chaque fois le bon chemin. A quoi le voient-ils ? Pourquoi les grandes personnes se dirigent-elles spontanément dans la bonne direction alors que les petits garçons ne savent pas où aller ?

L'un après l'autre, ils rejoignent la terre ferme, en soupirant et en geignant. Les pikoelans*[1], qui reposent sur une seule épaule, gémissent et craquent sous la charge. Ballots, paniers, instruments de musique, que n'a-t-il pas fallu transbahuter d'un bord à l'autre du ravin ! Dès qu'ils sont arrivés, ils fléchissent les genoux jusqu'à ce que leur charge touche le sol, alors ils se dégagent de leur palanche, s'étirent. Aaah ! Nous y sommes.

Il entend dire : "Ce n'est plus très loin maintenant."

A travers les arbres il aperçoit les collines, en face. Sur les pentes, les rizières humides scintillent dans la lumière argentée, et un peu plus loin, à

1. Palanches.

demi cachés derrière des haies de bambous, se profilent les toits de chaume d'un village.

C'est là que l'arrière-petit-neveu du rajah, le soesoehoenan*, se marie avec une fille du village. Dans ce village, là-bas ? Non, mon gars, dans un autre village, un peu de patience, et on y est. Izak n'a jamais entendu parler du soesoehoenan. C'est quelqu'un qui semble très très important. Mais il ne vient pas au mariage, ils ignorent pour quelle raison.

Izak réfléchit. Il veut savoir si celui qui ne vient pas possède un piano.

"Mais non, évidemment pas, gros bêta !" rigolent les musiciens, seuls les Européens ont un piano chez eux. L'homme dont ils parlent est un souverain javanais des environs de Djokja. Et le rajah n'écoute pas du piano, certainement pas, ta'boleh*, quelle drôle d'idée ! Le rajah aime la vraie musique, c'est-à-dire le gamelan, qui fait encore entendre toutes les couleurs de l'arc-en-ciel. Pas cette musique mécanique en conserve, qui nous vient d'Europe – adoeh, quelle pitié ! –, où l'échelle des sons est fixée d'avance et où chaque ton correspond à une certaine touche combinée au marteau adéquat. Il suffit d'appuyer sur la touche et on sait ce qu'il en sort. Ce n'est pas bien sorcier, un truc pareil !

Il ne sait pas quoi répondre, du moins pas du tac au tac, aussi fait-il comme s'il n'avait pas entendu. Ils ne peuvent pas s'en rendre compte, mais à chaque pas qu'il fait il marche sur leurs paroles, il écrabouille leurs mots, un pas après l'autre. Et dans sa poche, il tâte la clé de ses doigts brûlants, il l'a toujours, bien sûr qu'il l'a toujours.

*

Personne ne sort du village pour leur souhaiter la bienvenue. La barrière, à l'entrée, est entrouverte. C'est bizarre, on aurait pu s'attendre à une joyeuse cohue, un jour de fête pareil. Sont-ils allés faire un petit somme, tous ensemble ? Pour être frais et dispos quand commencera la musique.

Les hommes ne s'y fient pas. Ils montrent le grand arbre de vie du village, le waringin*[1], qui se dresse tout seul dans le champ, un peu plus loin, sage et respectable comme un centenaire. Ça alors, disent-ils, c'est un peu fort, pas un signe de piété, pas une offrande. Ils disent que quelque chose doit brûler au pied du waringin, sinon ça porte malheur. Ils hochent la tête. Puis ils le regardent – pourquoi lui ? Il ignore tout de ce genre de choses, il n'est pas javanais, il n'est pas d'ici, il est d'un pays lointain, il vient d'Amboine.

Ils tendent l'oreille, mais ils n'entendent aucun bruit. Rien ne bouge, pas la moindre feuille, la moindre brindille. Alors ils poussent prudemment la barrière, on dirait qu'ils ont peur qu'elle ne s'ouvre en grand.

A moins qu'ils ne craignent de réveiller quelqu'un ? C'est tellement silencieux ici, on entend presque respirer les dormeurs, une centaine d'invités dont les poitrines se soulèvent et s'abaissent sans répit, ils zonzonnent comme des grillons, bourdonnent comme des mouches.

Peut-être que les villageois se sont cachés, et qu'ils vont surgir tous ensemble pour leur faire peur, ha ! ha ! ha ! Il n'aime pas ça, il préfère laisser les hommes explorer le terrain par eux-mêmes.

1. Banian.

Pourtant, quand ils ont disparu de sa vue, en le laissant tout seul à l'entrée du village, il se glisse dans leur sillage. Ça lui fait penser à l'armée de bapa qui avance furtivement quand elle entre dans un village inconnu. Le voilà devenu patroli*, un patrouilleur, comme bapa.

Les hommes, eux aussi, avancent furtivement, mais ce n'est pas ce qu'ils veulent, ils veulent être reçus en invités, accueillis comme des hôtes. Tout d'un coup ils en ont marre de ce comportement de dégonflés. Ils crient : "Hai semoea* ! Semoea orang* ! Selamatan*[1] !" Ils s'époumonent pour couvrir l'angoisse qui siffle dans leurs oreilles. C'est nous, les musiciens, si ça ne tient qu'à nous, la fête peut immédiatement commencer.

Rien ne bouge dans les pondoks, pas un signe de vie derrière les cloisons de bilik.

Bizarre d'ailleurs qu'il n'y ait nulle part des odeurs de nourriture. Un mariage, et rien à manger ? Impossible.

Où qu'ils aillent, ils ne voient que des animaux. Dans les sentiers ils trébuchent sur les poules naines, elles sautillent, picorent, s'écartent avec la plus grande réticence, les stupides bestioles. C'est seulement quand on leur balance des coups de pied qu'elles décampent en battant des ailes, totalement abasourdies, dans un nuage de duvet et de plumes.

Attachée à une corde, une chèvre étique se met à bêler éperdument. Et sorti de nulle part, un cochon curieux, plein d'attente, les suit en se dandinant.

Il commence à penser que les musiciens se trompent : ils se trompent de jour, de village, de noces. Vont-ils attendre ici jusqu'au retour éventuel des invités ? Peut-être bien. Mais peut-être aussi que

1. Hé, vous autres, salut à vous tous !

non. Quant à lui, il en a assez vu ici. Il doit aller plus loin. Beaucoup plus loin, Dieu seul sait où, le piano de njonja l'attend.

En marchant, les musiciens parlent et rient bruyamment, ils allument des cigarettes, ils écartent à coups de pied ces idiotes de poules. Ils entrent sans façon dans les pondoks pour voir s'il y a quelque chose à se mettre sous la dent.

Lui aussi, il entre dans une de ces cabanes à l'intérieur obscur. Il y a une puanteur d'immondices, de sales mouches lui chatouillent le visage, il les balaie de la main. Il a un haut-le-cœur.

Au moment de quitter la cabane, soudain il pense qu'il a vu quelqu'un. Saisi d'effroi, il n'ose plus ni bouger ni respirer. Il se fige sur place, tout se fige en lui, il devient une chose qui se trouve là, comme par hasard.

Plus il s'attarde dans cette cabane infecte plus le décor se met à exister. Et lui, la chose qu'il est, devient visible, il le sent. Il sent l'obscurité glisser le long de son corps jusqu'à ses pieds. Ses yeux commencent lentement à découvrir. Des taches deviennent des formes, il les reconnaît. Une table, avec un wok dessus, un machin – comment ça s'appelle déjà ? – et… la frayeur lui coupe le souffle.

Sur le sol il y a quelqu'un, un homme, pense-t-il, qui ne bouge pas parce qu'il est profondément endormi. Ou parce qu'il ne veut pas être vu. Mais lui, Izak, il l'a vu. Cet homme, ou cet être humain, sait-il qu'il a été vu désormais ?

L'individu est couché avec le visage plaqué sur le plancher, comme s'il voulait se faufiler dans les interstices des lattes pour se cacher dans le kolong, sous la cabane. Pourquoi ne pas le faire, pourquoi ne pas fuir d'ici en rampant ?

Et s'il allait passer à l'attaque ? S'il serrait dans son poing un kriss court, caché sous son ventre ?

Izak entend des cris, mais qui viennent de dehors. Par conséquent, ce n'est pas l'homme, l'être couché sur le sol. C'est dehors, c'est là qu'on crie. Pourtant il n'ose pas aller voir. Il a peur que l'homme, la personne, ne se dresse brusquement derrière lui, en hurlant, comme une sale bête, pour le déchiqueter.

Ils viennent dans sa direction, il se retourne pour voir, oui, ils arrivent, ils marchent au milieu du raffut de leurs cris, en soulevant des nuages de poussière. Les voilà, par groupes ils masquent l'embrasure de la porte, la lumière éclatante disparaît. Et même quand ils sont à l'intérieur, haletant, suant, l'obscurité reste collée à leurs silhouettes massives.

Exactement comme les mouches qui sont ici, on a beau taper dessus, on n'arrive pas à les chasser.

L'essoufflement des hommes se mue en une sorte de grognement, il y en a même un que ça fait tousser. Ils parlent aussi. Il ne comprend pas ce qu'ils disent, mais il se peut qu'il ne doive pas entendre. Est-ce qu'ils savent ce qui se passe ? Oui, ils le savent. Ou peut-être pas ?

Il pense : Ils ne vont tout de même pas réveiller l'homme, la personne ?

"L'homme est mort", disent-ils. Il pense que c'est ce qu'ils disent. L'homme, l'être humain sur le sol. Ils crient : "Mati ! orang mati* !" Mort, l'homme est mort ! Ils vocifèrent comme des chiens hurlant à la lune, c'est pourquoi il fait seulement attention à leurs cris sauvages, et non à ce qu'ils disent. Quelqu'un est mort, tué peut-être. Il pense que c'est ce qu'ils pensent. Il entend les mots, certes, mais il n'entend que les *sonorités*[1] des mots, les sons aigus, tenus, que jamais encore il n'a entendu émettre, par personne.

1. En italique dans le texte.

*

Quand ils sortent de la cabane, et lui avec eux, il se rend compte qu'il n'a pas regardé. Il a oublié. Alors qu'il n'a jamais vu de morts. Pas un seul. Les morts dont il a connaissance sont tous à Amboine. C'est là qu'habitent nos morts, dit bapa. Lui-même ne les connaît pas mais bapa les connaît. Il dit que le père et la mère d'iboe sont deux morts, mais avant ils ont été vivants, il y a très longtemps. Maintenant ce sont deux morts, mati-mati, et ils vivent dans la béatitude céleste. Iboe voudrait les retrouver, dit-elle parfois ; ils sont partis trop tôt, leur heure n'était pas venue. Dans chaque famille il y a des morts, dit bapa.

Et maintenant il y a un mort pour de vrai ici, ça alors ! Un vrai mort, en plein jour. Izak se retourne mais on le pousse en avant, on ne le laisse plus rentrer. Sajang, dommage ! Si près.

Mais il essaie tout de même, et en clignant les paupières très fort il croit *presque*[1] voir le mort de tout à l'heure, il n'y arrive pas tout à fait, comme s'il ne pouvait pas cligner les paupières assez fort.

Dehors il y en a d'autres. On dit : "Lagi orang mati*", il y a d'autres morts. Les musiciens parlent tous à la fois. L'un d'eux dit : "Le marié est devenu un mort lui aussi", et les autres reprennent en chœur ses paroles. "As-tu vu ça et ça ?" disent-ils, demandent-ils. Ils parlent de plus en plus fort, de plus en plus vite, de plus en plus haut. Les mots grimpent les uns sur les autres mais chaque fois ils échouent de justesse à arriver tout en haut, ils restent coincés parmi les autres mots. Est-ce que les hommes n'ont

1. En italique dans le texte.

encore jamais vu un mort pour être aussi excités ? Ce sont des adultes, non ? A quoi ça rime de faire tout ce goegoep*[1] ?

Et s'il allait jeter un coup d'œil ? C'est possible, on ne fait pas attention à lui, ils sont trop occupés, les adultes, il peut aller jeter un coup d'œil s'il veut.

Non, il n'ose pas, il n'ose pas s'éloigner des autres, il n'ose pas être seul avec des morts, il a peur qu'ils ne l'attirent à eux. D'abord l'endormir par un tour de magie, le refroidir et puis le tirer sous la terre.

C'est peut-être pour ça que les adultes sont si nerveux : ils ont peur d'être emmenés, eux aussi... Ils restent groupés, il le voit bien. Personne n'a envie d'être assailli par les morts. Si on n'y prend garde, c'est vite arrivé ! Awas, attention ! On n'a pas le temps de dire ouf qu'ils vous sautent dessus par-derrière et vous entraînent sous la terre.

Des morts, il y en a dans tous les pondoks. Le futur époux est là aussi. Au lieu de se marier tout à l'heure, il est étendu, sans vie, dans ses plus beaux habits. La future mariée vit encore, elle doit vivre encore puisque personne ne l'a vue morte. A-t-elle eu le temps de se sauver ? A moins qu'elle ne soit pas encore arrivée ? Est-elle en route pour venir ici ?

Il ne sait pas comment se la représenter. Alors il pense à njonja. Essaie de s'imaginer comment, *elle*, elle a fui. Avec d'autres Belandas*[2] dans un grobak*[3] à moteur, un camion à plateforme : il les connaît pour les avoir vus à la caserne, ces camions

1. Tout ce foin.
2. Hollandais.
3. Chariot de transport indigène.

militaires toussant et crachotant, avec un pot d'échappement rouillé d'où sort une sale fumée noire. Il n'arrive pas à imaginer njonja dans un camion à plateforme découverte, ses vêtements seront salis, elle perdra l'équilibre en route, avec tous ces heurts et ces cahots, non, de cette manière, ça ne va pas, n'est-ce pas, njonja ?

Quand il pense à elle – à njonja, à sa disparition –, il se dit qu'elle a pris le train.

Sa belle dame hollandaise… Quand elle monte dans le wagon, un contrôleur lui tient un instant le bout des doigts, oui, c'est ainsi que ça s'est passé, et, de l'autre main, elle relève ses longues jupes qui ne doivent pas traîner dans la saleté, surtout pas ! Puis sa main, qu'on a lâchée désormais, cherche à tâtons son propre équilibre. Sa main libre tâte dans l'air avec des doigts hésitants qui cherchent… mais quoi au juste ? Eh bien, l'air précisément, rien ! Et à cet instant elle donne l'impression de chanceler dans ses fins souliers, elle retrouve son équilibre de justesse.

Dans ses pensées il se la représente comme une dame qui va à la ville. Une dame avec un parasol. Elle en a besoin. Pour se protéger du soleil. C'est une femme blanche, sa peau est si tendre, si fine que le soleil brûlant passe droit à travers, tjah*, comme je vous le dis !

De cette manière, c'est comme s'il s'agissait de quelqu'un d'autre. Et soudain surgit la pensée angoissante qu'elle l'a oublié. Il regarde ses ongles noirs, ses genoux souillés. (Elle, dans sa longue robe, avec ses cheveux d'or.) Un gamin d'Amboine, qui s'est crotté dans le bois et les montagnes, pourquoi devrait-elle penser à lui ? Mais s'il lui rapporte son piano, alors elle se souviendra de lui, sûrement, elle lui en sera reconnaissante. Elle lui a donné la clé, elle lui a fait la promesse.

*

Il voit les morts maintenant. Ils sortent de tous les pondoks. Ils ne peuvent plus bouger, donc ils sont traînés sur le sol. Il n'ose pas les toucher, brrr ! il les trouve répugnants, si jaunes, avec des taches plus sombres sur tout le corps. De grosses mouches se sont posées, elles sortent des bouches d'un bleu noirâtre, elles grouillent dans les yeux écarquillés. Les hommes ont noué des mouchoirs devant leur nez et leur bouche. Non, ne pas respirer. Ils n'osent pas regarder, détournent le visage. C'est ainsi qu'ils trimballent leur fardeau, en marchant à reculons, en détournant la tête, chacun tirant le cadavre qu'il a trouvé. Les morts ne bronchent pas, ils s'en fichent complètement, leurs cheveux traînent dans la terre, ils tracent un sillon sur le sol avec leur crâne. Il ne peut pas les plaindre, il n'y arrive pas, tout simplement. Parce qu'ils sont si sales, beurk ! Et qu'ils puent ! encore pire que des charognes.

Il faut voir comme ils sont raides ! Leurs bras – tss ! – durs comme du bois. Il faudrait les découper à la scie pour les remettre dans la bonne position, disent les hommes.

Les invités de la noce ont été couchés les uns à côté des autres, mais impossible de les aligner. Ils sont étendus n'importe comment. Comme si quelque chose de terrible avait semé la panique parmi eux. Sepala-pala porak-peranda*, ils sont complètement pêle-mêle. On a beau les tirer d'un côté et d'autre, les déplacer – et c'est lourd, ceux qui coltinent les corps soufflent comme des buffles –, on n'arrive pas à les faire rentrer dans le rang.

Les bras, les têtes, les pieds ont l'air de pièces détachées, d'éléments qui ne sont plus adaptés. Trop sales aussi pour servir encore.

Maintenant, ils sont fatigués, les hommes. Ils se demandent ce qu'ils vont faire. Enterrer les corps ou les brûler ? Chacun a son avis. Quelqu'un dit : Il faut les brûler, ils partiront en fumée puis deviendront de l'air, un autre dit : Ah, pas de ça, fichtre non ! Il faut les mettre dans une fosse, dans la terre. Alors : vers le haut ? Vers le bas ? Que décider ?

Pour réfléchir, ils vont s'asseoir – pfff ! – un peu de repos. Leurs bras font des moulinets pour chasser des mouches répugnantes.

"Non, beurk ! Ne restons pas ici, ça pue ! fait l'un d'eux, allons plus loin, en dehors de l'enceinte du village, à l'air pur, dans le champ, vous ne trouvez pas ? Allons discuter sous le vieux waringin."

Certains emportent des bouts de bois, au cas où. Un feu ! Oui, on va faire du feu. En plus, ils entraînent avec eux une chevrette trouvée dans le village. Et tjoes*, en moins de deux, un coutelas bien affûté apparaît.

La petite chèvre marche en tête, toute curieuse, l'idiote ! Elle tire impatiemment sur la corde à laquelle elle est attachée. Les bêtes n'ont conscience de rien, dit l'un d'eux ; c'est un Batak, ou quelque chose comme ça, ce n'est pas un vrai Javanais en tout cas. Les Bataks sont des cannibales, dit bapa, ils mangent les gens vivants. Mais, ici, les gens sont déjà morts, ça ne lui fait plus envie, probablement.

Ils sortent tous ensemble par la grande barrière et se retrouvent en rase campagne ; devant leurs yeux qu'effarouche la lumière, le paysage respire, bleu comme un jour radieux.

Ils vont s'asseoir à l'ombre, sous le vieux waringin. Ils s'affalent sur le sol pour fumer et reprendre leur discussion à propos des morts : faut-il les brûler ou les enterrer ?

Ces palabres, cette tabagie, ça l'ennuie lui, ça dure trop longtemps. Il préfère se mettre debout, il y a un morceau d'écorce qui se détache du tronc, il va essayer de l'enlever le plus soigneusement possible.

C'est pourquoi il ne voit pas tout de suite ce qui se passe et, quand il le voit, il ne comprend pas immédiatement. La chevrette. Un type la maintient entre ses jambes, un autre type tend fermement la corde. Le Batak, ou quelle que soit son origine, s'accroupit près du petit animal, comme s'il lui parlait à l'oreille.

Alors Izak assiste à la scène. Très calmement à vrai dire, un long couteau perce le cou de la jeune bête, est enfoncé plus avant. Il a bien vu, sih*, n'est-ce pas ? Avec une calme résolution la lame miroitante est plongée par le cannibale dans la gorge tendre jusqu'à disparaître complètement, jusqu'à la main qui serre le manche.

La chevrette elle-même fait comme si elle n'était pas concernée. Elle gratte le sol de sa patte avant, l'air de dire : c'est pas bientôt fini de me tripoter le cou, je veux retourner jouer ! Ce qui la gêne le plus, ce sont les deux gros genoux d'homme qui la serrent comme dans un étau. Elle ne réagit pas au couteau, même pas quand il commence à découper, à trancher la gorge à longs coups ; le sang jaillit comme une fontaine, toempah*, il y en a partout ! Des mains se précipitent, étanchent le sang mais la biquette têtue ne bouge pas, comme si la tête ne voulait rien savoir du corps dans lequel on taille. C'est une chose étrangère, ce corps qui saigne, une chose comme une autre. Elle regarde farouchement devant elle, ce barbouillage écœurant, elle ne souhaite pas y être mêlée.

“Ça ne fait pas mal, petite chèvre ?” dit-il à part soi.

Les pattes arrière fléchissent en premier, comme si elle avait fait un faux pas et ne savait pas comment se rétablir. Puis à leur tour ses pattes avant se cassent en deux, elle s'affaisse sur le sol.

Et pendant qu'ils continuent de lui trancher la gorge, ils doivent lui maintenir le museau en l'air, sa petite tête retombe constamment sur le sol, dans la saloperie, ça les gêne pour tailler comme il faut.

La chevrette est devenue une chose, ils vont la préparer, ils l'écorchent, la peau est arrachée en un tour de main ! Sans sa fourrure, la chèvre-devenue-chose est maigre et blanche, de la viande crue dans une membrane, tjampah*, à vomir ! La fourrure, elle, est bien plus jolie, elle lui plaît bien, il aimerait en avoir un morceau pour se coucher douillettement dessus, avec sa joue contre les poils, et rester étendu ainsi, en se disant comme c'est agréable, si senang*.

*

Les premiers morceaux de viande sont en train de griller sur les braises rougeoyantes, mmmm ! la graisse crépite sur le feu. Les palabres à propos des invités de la noce peuvent commencer. Les hommes essuient sur l'herbe la lame de leurs couteaux. “Ne parlons pas tous à la fois”, disent-ils en parlant tous à la fois, “Respectons les morts”, dit l'un, “Bien sûr, marmonnent-ils en chœur, hormat mati, mengor mati-mati*, respectons et honorons les morts.” De temps à autre quelqu'un qui a l'œil sur la viande la retourne, le jus grésille, mmmm ! Sedap*, comme ça sent bon ! Chacun ne pense qu'à manger.

Pourtant, c'est drôlement bezar*, ce n'est pas une mince affaire, pour sûr, ce qui les occupe, donc chacun essaie de ne pas bouger, ici, à l'ombre, dans la lumière qui papillonne sous le vieux waringin. Et plus loin, voyez ! La terre féconde respire ; et encore plus loin les collines bleues, pleines de vie, attendent. Mais ici, sous le vieil arbre de l'ancêtre inconnu, ici, chacun d'eux retient son souffle.

C'est un Javanais à la peau tannée qui parle en premier. Il a noué sur sa tête un kain kepala*, un foulard de batik brun-jaune, à la manière des gens d'ici. La peau de son cou est faite de papier d'emballage jauni, une boule de papier chiffonné qui aurait été défroissée et lissée. Est-ce lui, le chef, et pas ce boucher de Batak ? Il s'efforce de parler lentement, le fripé, les mots doivent être bien détachés les uns des autres, c'est la règle qu'il s'impose, ils doivent tous rester libres, libres dans l'air, ils doivent pouvoir retomber, être bien reçus. Les autres attendent, retenant leur souffle. Il lève le menton aussi haut que possible – peut-être pour faire disparaître les plis de son cou ? Va-t-il réussir, s'en tenir à sa règle ? Tidak, tidak*, pas du tout, il n'y arrive pas, il parle de plus en plus vite, les mots ne sont plus détachés les uns des autres, on dirait que ça le met en colère et qu'il commence à happer au vol ses propres mots – hagne-hagne ! – comme s'il voulait tous se les rentrer dans la gorge.

Maintenant les autres osent à leur tour, ils se mettent soudain à parler très fort tous à la fois, chacun veut prendre la parole en premier. Ils ne sont plus assis, ils se sont mis debout, comme un seul homme, sous le vieil arbre plein de sagesse, tous ils se chamaillent à propos des morts.

On invoque toutes sortes de dieux, sauf Dieu, c'est le seul qui n'est pas nommé.

"Ils sont fatigués, dit l'un, laissons-les donc dormir, laissons les morts se reposer dans un lit sous la terre, là où il fait noir et où le jour ne les dérange plus."

"Mais c'est répugnant ! s'écrie un autre. Au milieu des asticots, des bousiers, des cancrelats ! On enfouit peut-être les immondices dans le sol, mais pas l'être humain !"

“Vishnou ne craint pas une petite flambée, prêche un troisième. La combustion produit lumière et chaleur, ainsi qu’une poussée ascensionnelle. Que l’âme aille vers le haut ! Pas dans la terre !”

“Panggan* ! Bigre ! dit un autre, on ne peut tout de même pas faire rôtir un mort comme… une chèvre !” Avec intérêt tous les participants lorgnent du côté des côtelettes et des gigots succulents.

“Non, non, pas du tout, dit encore un autre, il faut l’enterrer, le mort, il faut le planter… comme une petite graine, une graine qui va germer.”

Il est difficile de savoir qui soutient quoi, les opinions circulent librement à travers la chamaille générale, chacun s’y perd. Ils se mettent à parler de plus en plus fort de peur qu’un autre ne leur chipe leur point de vue. On dirait un concours : c’est à qui parlera le plus fort. Et répéter ! Ils ne s’en privent pas, ils répètent sans arrêt les mêmes mots, de peur de les oublier peut-être.

Et ça continue. Sur le sol ! Non, sous le sol ! Vers le haut ! Non, vers le bas ! L’âme ! Le corps ! Ne font qu’un ! Sont deux ! Dans l’air ! Non, dans la terre !

Ils en oublient presque la viande, mais ils n’oublient pas quand même, ils la sortent du feu et la posent sur une feuille de bananier.

Elle sent si bon, cette viande, subitement plus personne n’a envie de se quereller à propos des morts. Ils disent : “Nous verrons bien, nous verrons bien ce que nous ferons. C’est ça, disent-ils unanimement, nous verrons bien, tout à l’heure, incessamment sous peu, quand nous aurons mangé. Quand nous aurons mangé, nous aviserons à propos des morts.”

“Ces morts ne sont pas les nôtres, disent-ils également, ce ne sont pas nos morts, ce sont d’autres morts.” Voilà ce qu’ils se disent les uns aux autres, en opinant du chef.

Et un peu plus tard, sous le waringin, plane un silence solennel, car ils ont tous la bouche pleine de viande.

*

Pour ne pas partir comme ça, ce ne serait pas convenable, ils prennent leurs instruments de musique. Les morts, ont-ils dit, resteront où ils sont. C'est ainsi, ça ne peut être autrement. Quand les oiseaux viennent picorer les morts, les âmes s'envolent au ciel en battant des ailes ; quand les renards viennent grignoter à l'intérieur, les corps sont disséminés sur la terre où ils attendront dans les ténèbres le jour du Jugement dernier. C'est du moins ce que prédit le Batak, occupé à assembler son instrument, une structure en bois où sont fixés de petits gongs métalliques. "Ils vont jouer la musique funèbre qui est prescrite à la cour du sultan", explique-t-il, tout en contrôlant du pouce et de l'index la double rangée de petits gongs. Le sultan ? Mais oui, tu sais bien, le soesoehoenan, dont le neveu ne sera pas à la noce, la noce qui n'aura pas lieu, d'ailleurs. "Et comment ça se passe chez vous, à Amboine ?" demande-t-il. "Je ne sais pas, répond le jeune garçon. Chez nous il ne meurt jamais personne."

Presque personne du moins. "Oui, les parents d'iboe, ils sont partis trop tôt, dit iboe, ils continuent à vivre en béatitude." Il ne les connaît pas, il ne connaît rien d'Amboine. "Mais un jour, dit bapa, tu y viendras, c'est merveilleux, c'est partout le paradis. Nous nageons comme des poissons dans la mer, nous attrapons des poissons avec les mains et nous les mangeons. La nuit, nous faisons des feux sur la plage de sable blanc, oui, là nous sommes heureux."

“A Amboine, nous pêchons les poissons dans la mer, avec nos mains, dit Izak. La nuit, nous allumons sept feux sur la plage de sable blanc.”

Le Batak n’écoute déjà plus, il se penche sur le côté, il veut savoir ce que font les autres. Sont-ils prêts ? Sont-ils déjà capables de jouer ? Ils ne parlent plus, ils sont assis et se regardent les uns les autres, c’est tout.

Le silence s’établit, cette sorte de silence qui appartient déjà à la musique. Le silence est si profond que le crissement des cigales, qui se fait régulièrement oublier, retentit maintenant de plus en plus fort, emplissant avec une maîtrise incompréhensible l’air chaud tremblotant de l’après-midi.

C’est alors que la première corde fait entendre un “pling !” plus clair encore, clair comme de l’eau, clair comme du cristal.

Dans l’instant se crée tout autour un espace où les autres sons s’éparpillent, les petits gongs sonnent comme des pièces d’argent, ils tintent dans le vent. Ça tinte, oui, ça carillonne, c’est de la musique où circule le vent, de la musique qui laisse passer la lumière, il y a tant d’espace laissé ouvert entre les sons.

Oui, entre les sons le silence revient chaque fois, c’est comme si les sons, sur leurs petits pieds nus, sautaient par-dessus les pauses, comme un enfant qui joue tout seul, après la pluie, saute par-dessus une flaque en prenant garde de ne pas l’endommager, de ne pas créer une seule ride à la surface de l’eau noire aux reflets d’argent, de la même manière, les sons se posent, un par un, juste au-delà du silence. Sans le toucher.

Les hommes regardent devant eux, étonnés, eux aussi ; leurs mains ont pris l’initiative, ces doigts sont leurs doigts, c’est tout, ils touchent leurs instruments simplement du bout des doigts, ils ne semblent pas intervenir davantage, ils découvrent avec curiosité la musique qu'ils n'ont pas l'air de connaître, qui vient à eux pour la première fois. Leurs mains, le bout de leurs doigts – étonnant ce qu'ils font là, vraiment étonnant – en savent plus qu'eux tous réunis.

S'ils pouvaient comprendre, ils ne seraient plus capables de rien. Ils ne savent rien, ils sont assis là et pendant ce temps arrive la musique.

*

Ils se décident à partir, enfin ! Où qu'on regarde, le paysage est partout, on peut aller dans n'importe quelle direction, dans le bleu, dans le vert, mais pas eux, non, ils n'entrent pas comme ça quelque part ; ils suivent délibérément un certain chemin. Ils tracent une ligne, font un schéma. D'ici à ici. Et les pieds se mettent en route. Quelques-uns dans des sandales, les autres nus, la plupart nus. Presque jamais ensemble, sans talonner ; non, les pieds descendent en file indienne, c'est un gamelan de pieds en marche. Une sandale claque, quelqu'un souffle, ici ou là, on entend un soupir ou un "han !", mais placés au bon moment, c'est un gamelan de pieds nus et de soupirs, avec une sandale claquant contre un talon.

"Où vas-tu ?" lui demande l'un des hommes.

Izak ne sait pas. "Et, vous, vous allez où ?" fait-il timidement. Il serait possible qu'il puisse les accompagner.

"On rentre chez nous", dit l'homme. Il donne un nom, mais ces sonorités ne disent rien à Izak. "Mais tu ne peux pas venir avec nous parce que tu habites ailleurs. Là où tu habites, c'est trop loin pour nous, dit l'homme, nous n'allons pas jusque-là, nous n'y sommes jamais venus."

Ils ne vont tout de même pas l'abandonner ici ? Le laisser ici avec les morts ? On ne va pas lui faire ça, quand même ? Mais il trouve difficile de demander s'il peut faire un bout de chemin avec eux, dans leur direction.

Non, ce n'est pas vrai ! Voilà qu'ils lui expliquent le chemin qu'il doit prendre, tout seul. Reda*, petit, menenangan*, du calme, tout ira bien. Que disent-ils ? Ils indiquent la route mais il ne connaît pas les noms, tous les lieux ont des noms, quand on les connaît, on sait où on se trouve. Il ne les retient pas, il y en a trop, il retient seulement que la ville où il doit se rendre est appelée Crocoville, "la ville aux crocodiles[1]".

Le moment est venu de prendre congé. Ils vont rentrer dans le bois, oui juste à cet endroit, entre ces deux branches qui giflent en se redressant, et, lui, il doit continuer sur cette petite route de campagne qui mène le long des rizières silencieuses. Un peu plus loin, tu retrouveras des habitations, disent-ils encore, et puis ils disparaissent, comme s'ils n'avaient jamais existé.

Il regarde du côté où il doit aller, au-delà des rizières, en direction des vertes collines.

Soudain il est complètement perdu, il ne sait plus pourquoi il est ici, ce qu'il fait là. Il n'y a plus personne pour l'aider, il n'y a personne au monde qui sache où il se trouve. A la manière d'une vieille chanson amboinaise, le chagrin le submerge. Le genre de chansons où tout est très loin, ou se passe il y a bien longtemps, même les cordes de la guitare vont se mettre à pleurer. Mais il ne peut pas chanter, il ne connaît pas les paroles.

Est-ce qu'il pense à iboe ? Non, il ne pense pas à sa mère. A bapa ? Non, il ne pense pas davantage

1. Surabaya.

à son père. A njonja peut-être ? Peut-être, oui. De toutes les grandes personnes ce serait la seule. Mais aujourd'hui il a trop de chagrin pour penser à elle, il est trop sedih*, trop malheureux, aujourd'hui il n'arrive pas à croire en sa belle dame.

III

Il ne les voit que lorsqu'ils sont devant lui, l'homme et la fille. D'où viennent-ils ? Aussi soudainement ? Ils ont le soleil dans le dos, ils sont nimbés de rayons, ils sortent de la lumière, s'arrêtent à sa hauteur. Elle est montée à califourchon sur un cheval ; l'homme est tout simplement à côté, il tient d'une main la bride du petit cheval svelte, de l'autre, s'appuie négligemment sur son fusil.

Izak a les yeux rivés sur elle, sans la voir d'ailleurs, il fixe au hasard. Son regard est sans fond, il ne capte rien, tout glisse à travers, zoup ! La plus brillante des lumières ruisselle à travers lui. Il n'a pas à en mettre en réserve, non, c'est inutile, elle ne cesse de couler à travers lui avec un éclat renouvelé.

A côté de la tache de lumière, du trou de lumière dans le ciel, il entend quelqu'un parler. La langue lui est familière. C'est la langue des mots qu'il connaît. Est-ce que l'homme s'adresse à lui ? "Il s'est habillé comme un simple mortel", est-ce bien ce qu'il a dit, l'homme ? Oui, il n'y a pas de doute, Izak l'entend de ses propres oreilles. A cause de la guerre il s'est déguisé en homme ordinaire, l'homme. Il n'est pas fou, il ne veut pas être reconnu par l'ennemi. Mais il est bien le rajah de Siri-Sori, assure-t-il.

Il porte un djas toetoep*, une veste fermée à col montant, il la porte en se tenant droit comme un I.

Aussi droit que bapa, pense Izak. Mais bapa n'est pas un prince, bapa est un soldat.

"Et toi ? demande l'homme, le prince, qui es-tu ?"

Izak répond : "Je suis Izak.

— Mais encore ?"

Mais encore quoi ? se demande Izak.

L'homme dit : "Je suis le prince Saïd Printah, le rajah de Siri-Sori, et voici ma fille (il désigne la lumière au-dessus de lui), la princesse Nesrine."

Il lâche la bride du petit cheval, un pur-sang arabe, pour lui montrer où se trouve son royaume de Siri-Sori. "Non pas ici, derrière ces arbres, nòooon, pas derrière ces montagnes, plus loin. Où est l'est ?" Il fait un geste large de son bras libre, de l'autre il s'appuie toujours sur son fusil comme sur une canne. "Disparaissez, les arbres ! Du balai ! Vous me bouchez la vue, je ne peux pas voir assez loin. Mon royaume est sur l'île de Saparua. Là !" Il pointe son index recourbé contre la poitrine d'Izak. "C'est près de l'île d'Amboine. Tu la connais, tu es bien un garçon de là-bas, toi aussi ? Du pays appelé Maluku Selatan*, les Moluques du Sud, un chapelet d'îles semées sur les mers du soleil levant, les mers de l'aube bordées de rose, au début du monde ? C'est bien de là que tu viens, toi aussi, de là-bas ?"

Il va me ramener à la maison, pense soudain Izak. Il est envoyé pour me conduire auprès de mes ancêtres, mes nenèk-mojang*, ceux qui pêchent dans la mer à mains nues.

Non ! Quelque part, des profondeurs de son être, jaillit ce cri. Non, je ne veux pas retourner là-bas ! Il a envie de dire : Seigneur rajah, je dois retrouver le piano de njonja, j'ai promis. Il voudrait expliquer : les détestables Japonais ont volé le piano dans la maison de njonja, ils l'ont transporté dans la ville aux crocodiles. Mais il ne crie pas, ne dit rien, attend la suite, docilement.

“Comment s’appelle ta keloearga*, ta famille ? demande le prince. Je connais peut-être des parents à toi.”

Izak a de la peine à révéler son patronyme, c’est comme s’il devenait plus vulnérable quand des étrangers savent qui il est et d’où il vient. Il lève les yeux, en direction de Nesrine, fixe la lumière aveuglante.

“M***, dit-il.

— M***, répète le prince, M***, il savoure les sonorités, se racle la gorge. Et quoi de plus ?” Izak secoue la tête. “Hum, fait le prince, et il demande : Dans quel kampong tu habites ?”

Izak résume ce que bapa lui a appris, il donne les noms des familles de bapa et d’iboe, de leurs kampongs respectifs, de leurs pelas*[1] respectifs, c’est toute une liste. Quand il a fini, l’homme, le prince, s’écrie : “Hé, mais dis-moi, ce sont des gens connus ! Je ne les connais pas personnellement, mais je sais qui ils sont.

— J’ai appris la liste par cœur, seigneur rajah, je ne les connais pas non plus, vous savez.”

Le prince dit : “Ton père sert dans l’armée hollandaise, certainement ? Il a dû être fait prisonnier ?”

Izak pense à la Kempeitai, aux redoutables bouchers japonais, avec leurs sabres de un mètre de long, ils tranchent les têtes comme s’il s’agissait de petites balles, ils tranchent avec le fil du sabre et puis ils frappent les petites balles du plat de la lame, histoire de rigoler, ils jouent au kasti*[2] avec les têtes qu’ils expédient au loin. Non, ça ne dit rien de bon pour bapa. “Non, dit Izak, mon père est parti dans la montagne, il fait la guerre dans la jungle, il ne reviendra que quand ce sera fini.”

1. Pacte coutumier de fraternisation entre habitants de différents villages.
2. Sorte de base-ball, se jouant avec des battes en bois plates.

“Tss !” fait soudain le prince. Il saisit son fusil, le prend à deux mains. Izak a peur, ne le quitte pas des yeux, essaie de lire sur son visage, pour comprendre.

Saïd Printah relève le menton, comme un chien de garde. Il se tourne légèrement vers la gauche, puis vers la droite ; ses oreilles, son nez guettent la brise qui peut lui apporter un bruit, qui peut lui souffler à l’oreille le nom de l’homme ou de la chose qui approche.

“Chut !” leur enjoint-il et il les fait tous entrer sous la ramée, y compris le cheval, sans qu’une feuille ne frémisse.

*

Ils retiennent leur respiration, ou plutôt ils ne sont pas là. Même le cheval se tient tranquille, plus tranquille qu’un arbre. Et presque aussi grand ! Un cheval grand comme un arbre. La princesse Nesrine est descendue de sa monture et s’est glissée dans un taillis, elle est faite de branches et de feuilles des pieds à la tête. Quant à lui, il est couché à plat ventre, l’oreille et la joue collées sur la terre tiède et humide. Le prince également. Il dit, le prince Saïd Printah, que de cette manière, avec l’oreille sous le sol, dans les entrailles de la terre, il peut entendre résonner des pas jusqu’à une distance de un kilomètre au moins. Izak ne le peut pas, son oreille ne le peut pas. Il ne sent que le grouillement de sales bestioles. Il n’entend rien, ne voit rien. Il reste couché là, oubliant peu à peu qu’il s’y trouve.

Il s’abandonne à la rêverie, s’imaginant qu’il est un arbre, un arbrisseau, un arbuste. Il sent les feuilles caresser ses joues, les rameaux le chatouiller délicatement, jusqu’au moment où ce n’est plus agréable, ça dure trop longtemps. Une légère brise passe qui balaie l'impression déplaisante, et il sent de nouveau les feuilles, les rameaux le toucher, l'effleurer avec précaution.

Saïd Printah va-t-il faire feu tout de suite ? Quand les ennemis vont arriver, est-ce qu'il va les tuer ? Le fusil est couché sur le sol, Saïd Printah a posé sa main dessus, sa main brune avec l'anneau d'or, le rubis rouge sang. Du calme, commande la main, reste tranquille.

Mais il n'y a personne, pourtant ? Izak n'entend rien, ne voit nulle part des gens. Il pense aux morts dans le village – récemment ou il y a longtemps déjà ? –, aux invités de la noce qu'on devait brûler et enterrer, qui sont restés où ils étaient quand ils sont partis, les musiciens et lui. Comment sont-ils devenus des morts ? Tués par le fusil de Saïd Printah ? Il est convaincu que le seigneur rajah tue des gens s'il le faut, les abat à coups de fusil.

Le taillis où se trouve la princesse frémit de temps à autre, Izak voit maintenant de l'or briller parmi le vert, du satin, une petite main. Elle ne peut pas rester tranquille, la jeune Nesrine, elle commence à s'ennuyer, le jeu de cache-cache dure trop longtemps, elle veut secouer dans l'air sa chevelure d'un noir brillant, elle veut respirer largement dans l'azur, en s'enfuyant au galop sur son pur-sang rapide, insaisissable.

Ouf ! Ce n'est pas trop tôt. Quand le prince fait claquer sa langue, chacun a le droit de se montrer. Izak en a le souffle coupé : qu'elle est belle ! oui, c'est seulement maintenant qu'il la voit vraiment, l'éclat sombre de ses yeux, sa bouche, chaude et vivante, si rose à l'intérieur, sa peau de cannelle et de vanille ; et elle est si près de lui, brrr ! ça lui fait un peu peur. Il préfère ne pas la regarder. Il lève sans cesse les yeux vers le prince, ou vers le cheval, il est beau aussi, le cheval, avec sa robe ultra-fine sous laquelle les veines dessinent des éclairs.

Saïd Printah dit : "Je sais, un homme ne combat pas avec une femme à ses côtés, ça ne se fait pas, mais que veux-tu, petit, je ne peux tout de même pas la laisser à la maison, la laisser toute seule au milieu d'autres hommes ? Avec des étrangers vicieux ? Je suis son père, le seul homme avec qui elle soit en sécurité."

Nesrine raconte : "Mon seigneur papa s'est battu avec un tigre, bapak était encore un jeune garçon, à ce moment-là, mais, après le combat, il est devenu un homme."

Izak veut aussi dire quelque chose. Il songe au serpent, malheureusement il ne l'a pas vu de ses yeux, il se souvient seulement de son réveil en sursaut, des feux qui ont flambé tard dans la nuit, des cris.

Nesrine continue : "Le tigre était entré dans le village, il avait tué le plus gras des karbaus, les boyaux pendouillaient comme des guirlandes dans les arbres. Le sang dégoulinait des branches, ce qui était vert devenait rouge. La terre aussi était rouge."

Elle tourne les yeux vers son père, cherche son regard, mais le prince ne semble pas intéressé.

Izak fixe le sol, essaie de se représenter les arbres dégouttant de sang. Il fouit la terre noire de ses orteils. Il voudrait dire qu'il a vu des morts dans le village, mais il n'ose pas, il n'ose même pas lever les yeux.

"Les plus courageux du village se lancèrent à la poursuite du tigre qui laissait derrière lui une trace sanglante de bétail éventré, ils brandissaient leurs javelots de bambou d'une manière horrible à voir, chaque fois qu'ils découvraient sur le sentier les viscères luisants de leurs animaux domestiques, ils voulaient cribler le tigre de leurs pointes acérées jusqu'à ce qu'il crève dans son propre sang, les hommes poussaient des cris effroyables, c'était leur façon d'exprimer leur angoisse.

Mais mon bapak n'avait pas peur, c'était un prince, déjà à cette époque, il ne criait pas ; il filait en silence, aussi rapide qu'un kantjil*[1], il n'avait pas besoin de suivre des traces ou des sentiers. Il ne suivait pas, il était devant. Il a été le premier à atteindre le sommet de la montagne et là, derrière un rocher, il a attendu le tigre."

L'attente est longue, longue, se dit Izak, il oublie le tigre, il y a seulement l'attente, et il sait ce qu'est l'attente.

C'est alors qu'il entend quelque chose, ce sont des gens, heureusement, son regard descend la pente jusqu'au pied de la colline, oui ils arrivent, les plus courageux des hommes. Mais il ne voit pas le tigre, où est-il passé ?

"Là ! Droit au-dessus de ta tête ! Courbe-toi ! Vite !" crie soudain Nesrine.

Quoi ? Où donc ? Il hurle de peur, son cri le fait sursauter.

"Le tigre a bondi sur mon père, dit Nesrine, une ombre gigantesque s'est allongée sur lui, l'a englouti. Le ciel s'est assombri, les oiseaux ont cessé de chanter, l'herbe s'est couchée de frayeur. Le tigre rugissait comme le tonnerre, sa gueule d'où s'écoulait la bave s'est ouverte, sa langue qui s'agitait était une bête à l'intérieur d'une bête, le jeune garçon pouvait compter toutes les dents pourries, y compris les molaires puantes, qui entouraient cet épais lobe de chair.

Mais le prince se fait petit, tout petit ! C'est encore un enfant, voilà pourquoi il rapetisse de plus

1. Chevrotain de Java.

en plus, le petit prince se fait si petit que le tigre ne peut pas l'attraper, ni le mordre.

Il se retourne, plus rapide que le vent, en un éclair il se dégage du tigre en roulant sur le sol, de la main droite il saisit le kriss, le kriss poesaka*[1], mais oui, que lui a transmis feu son père. Il n'a pas le droit de s'en servir pour éplucher une papaye ou un durian ! – maudit soit celui qui épluche ! Non, seulement pour accomplir la mission, le kriss peut étinceler de haine sous la lumière éclatante. Sans réfléchir le garçon frappe et frappe encore – tchac ! tchac ! – dans la chair coriace. Il frappe aussi fort et aussi souvent qu'il peut.

Le sang bouillant du tigre lui gicle au visage, lui brûle les yeux. Chaque fois qu'il dégage le kriss pour frapper de nouveau, le sang jaillit."

Izak sent le poison sanglant lui piquer les yeux, à lui aussi, il se frotte les yeux pour s'en débarrasser au plus vite. – Mais dans l'histoire il en va autrement.

"Saïd Printah, dit la princesse de sa voix mélodieuse, ne s'accorde pas le temps d'essuyer son visage. Dès qu'il a vu qu'il avait tué le tigre, il a cherché la direction du Prophète dans le no man's land du ciel et est tombé à genoux pour remercier Allah de la victoire qu'Il lui avait accordée, *Allah akbar !*"

Izak a un peu honte d'avoir été repris par Nesrine. Il est vraiment une mauviette, et, en plus, incapable d'imaginer. Il ouvre de grands yeux mais n'ose pas la regarder en face, il voudrait tant pouvoir raconter aussi bien.

"Puis arrivent les autres, les hommes du village, les plus courageux, ils arrivent avec leurs piques de bambou, ils forment une cage autour du tigre.

1. Un bien de famille, auquel on attribue des pouvoirs surnaturels.

Allah akbar, puisse la rage du tigre passer dans les hommes courageux. *Allah inch'Allah*, ils donnent des coups de pied dans le flanc du tigre, et il rugit, terkoetoet*, enfer et damnation ! Il vit encore, il va se venger ! Pitié pour les plus courageux des hommes ! Ils grimpent dans les arbres au cas où, ils hissent dans les airs la plante blanche de leurs pieds.

Mais non, c'est le dernier soupir, dans un feulement le tigre exhale son dernier souffle du fond de ses entrailles ténébreuses, il salue le prince, ainsi que les hommes dans les arbres, il estime les avoir assez vus, tous autant qu'ils sont, dans cette vie du moins."

*

Il hoche la tête, en se fâchant tout rouge, Saïd Printah. "Absurde ! Absurde. Ab-surde. Nón-sens. Ton père ne se bat pas dans la montagne, petit. Il est devenu esclave, tous les soldats au service de la Hollande sont devenus des esclaves, ils doivent plier l'échine pour subir une raclée, ils sont rossés et tabassés à coups de pied, les Japonais se mettent les mains à vif en frappant les dos courbés. Voilà la réalité !"

Non, c'est faux ! C'est faux, Saïd Printah ! pense Izak. Pas mon bapa ! Les Moluquois sont des guerriers, ce sont les soldats de Dieu, ils servent la vérité, ils marchent toujours en cadence, ils ne font jamais de faux pas ! Izak le pense, de toutes ses forces, mais ne dit rien. Saïd Printah a goûté le sang du tigre, ses mots lui brûlent la langue, et ils sont pedis*[1], pour sûr, aussi piquants que du

1. Epicés.

poivre, Izak n'ose pas les contredire. Qu'ils brûlent, pense-t-il, qu'ils brûlent jusqu'à ce qu'il n'en reste rien.

Saïd Printah brandit son fusil. "Je suis le seul Moluquois qui se batte, qui lutte contre l'ennemi. Je suis invincible ! Je suis le libérateur ! Siri-Sori, et Saparua, et toutes les îles de l'archipel, les grandes et les petites, je vais toutes les délivrer aussi loin que s'étendent les mers !"

Izak le sait : au bout de la mer commence le ciel, le ciel est bleu parce qu'il s'élève de la mer.

Nesrine, du haut de sa monture, s'impatiente, et fait claquer sa langue.

"On s'en va ?"

Izak dit qu'il doit se rendre à Crocoville, il en a fait la promesse, dit-il, il le doit à njonja, il parle du piano. Il songe à montrer la clé, comme preuve, se ravise, dans la crainte que le prince ne la lui prenne, sans raison, tout simplement parce qu'il est le chef.

Ils connaissent la ville, naturellement, mais ils n'ont jamais entendu parler d'un piano particulier qui s'y trouverait.

"Il est noir, dit Izak, et très grand, on peut se glisser dessous et s'asseoir dans le kolong." Il pense : Quand on est caché dessous et que njonja joue, alors il vous pleut de la musique sur la tête.

"Plus grand que ce cheval ?" demande Nesrine. Elle gratte sous la crinière, ses doigts cherchent l'endroit le plus doux.

"Plus grand, oui." Il dit ça mais il n'en est pas sûr. Plus large, sans doute, pense-t-il, mais quand même moins haut. C'est pourquoi il avance, à tout hasard : "Bien plus grand, beaucoup beaucoup plus grand."

Que doit faire un garçon d'Amboine avec un piano ? Le prince trouve cela bizarre, il dit : "Une guitare, ça ne te conviendrait pas ? Une guitare, tu n'as pas à la chercher dans une ville lointaine, tu l'emportes avec toi partout, sur ton dos."

Alors le prince dit qu'il connaît un homme avec une guitare qui sait par cœur la chanson de Pattimura[1]. "Tu la connais, petit ?" Izak fait non de la tête, modestement.

"On a inventé des tas de choses à son propos, dit Saïd Printah, mais ce qu'on a inventé est aussi vrai que le reste. Pattimura est plus grand que les hommes ne peuvent se l'imaginer." Il poursuit : "C'est une très belle chanson, la chanson de la guitare, elle parle d'un héros, ils l'ont pendu mais ils ne peuvent pas tuer son rêve. Est-ce qu'on peut tuer le vent, le clair de lune bleuté dans la nuit ?" Izak ne sait pas, il pense que non mais il n'ose pas répondre. "Est-ce qu'on peut tuer l'odeur du tjengkeh*[2] ? Les vagues, les nuages, le ciel pur ?" Le prince trouve sans arrêt autre chose. "Les sons de la guitare sur la plage ? Le jour de demain ? Où est-il, le sale Blanc, le Hollandais pourri qui peut l'abattre ? Où est-il donc ? Izak, mon garçon, dis-le-moi." Soudain le prince serre le poing, ses yeux noirs lancent des éclairs. "Saparua libre ! Amboine libre ! Seram libre ! Et Haruku, et Nusalaut ! Toutes les îles des Moluques seront libres ! Les klewangs*[3] sifflent, zip-zap ! Les kriss tranchent dans le vif, tchac-tchac ! La mer se colore en rouge sang quand leur soleil disparaît à jamais. Ils l'ont pendu par le kiki, soit, mais Pattimura, c'est un fruit mûr à déguster lentement."

1. De son vrai nom Thomas Matulessy, héros de la rébellion contre le pouvoir colonial, exécuté en 1817.

2. Clou de girofle.

3. Sabre court.

*

Saïd Printah l'accompagne jusqu'à la ville aux crocodiles, dit-il. Arrivé là, il peut sans tarder dévaliser la caserne, baik sekali*, c'est une bonne idée, un lot d'armes, ça ne peut pas faire de mal.

Le cheval commence à marcher et tout se met en mouvement. On tire sur la bride, comme sur les fils d'une marionnette wajang. Le mouvement se propage, passe à travers le cheval, la princesse Nesrine, jusqu'à ses hanches, sa taille, tout roule et se balance, sa tête de gauche à droite, son buste d'une épaule à l'autre, ses petites mains dessinent des figures gracieuses dans l'air, elles écrivent : ce serait comme ça, mon mignon, si tu avais fait bien attention.

Izak essaie de marcher à côté du cheval, à côté d'elle, par conséquent, mais le chemin est étroit à cet endroit, des branches lui fouettent le visage, le giflent sans arrêt, il est contraint de revenir en arrière, de marcher derrière le cheval, il l'entend renâcler, il sent la vapeur, la vapeur du cheval qui vient de la croupe. C'est très différent ici, à la queue de la colonne, envolées, les arabesques de la princesse, et il peut recevoir un coup de pied, si le cheval ne fait pas attention ou s'il prend peur et se met à ruer.

Le prince marche fièrement en tête, il claironne ses belles paroles en direction des taillis où elles disparaissent, allez hop ! Izak ne comprend pas un traître mot. Mais il est content de ne pas être obligé, pour un moment, d'écouter, d'être au courant. Dans le lointain des singes-araignées poussent des cris stridents, des oiseaux babillent. Les brindilles se redressent sous ses pieds, pas une ne casse. Il va d'un pas léger, sans laisser de traces, il est quelqu'un qui n'est jamais passé par là.

Il entend Saïd dire : “Bientôt, quand j’aurai mon armée.” Izak sursaute. “Quand je serai le commandant en chef des puissants Moluquois”, annonce le prince à toutes les feuilles qu’il croise. Il est revenu sur ses pas, marche à côté d’Izak. “Pour l’instant, je ne commande personne – il lève les mains au ciel –, enfin, il y a toi, naturellement, tu es mon petit soldat – et, en disant ces mots, il ne regarde pas Izak, non, il regarde droit à travers lui – mais bientôt, mon garçon ! – et ses mains s’envolent de nouveau en brossant le tableau – bientôt, quand le ciel se fendra en deux et que les étoiles seront égarées, comme le Prophète le proclame à la ronde, bientôt, oui, quand les mers mugiront en faisant des bonds – hop là ! hop là !! – et que les tombes seront ouvertes, alors oui, oui, oui, l’heure sera venue !”

Là où ils marchent, il n’y a plus de sentier depuis longtemps. Les branches les fouettent au visage, se redressent ; quand le cheval disparaît dans le feuillage, on ne voit déjà plus la princesse, tout en haut, sur sa monture. Derrière eux le bois se referme sans bruit.

*

Le prince veut faire dérailler un train ; quand on engage le combat en solitaire, dit-il, il faut se montrer ingénieux. Izak réfléchit, il ne sait quoi penser. Ils vont dévaliser la caserne de Crocoville, ils vont faire capoter un train, à eux deux, le prince et lui, le petit soldat d’Amboine, oui, rien que ça ! “Un train rempli d’ennemis devient un serpent qui se tord, qui se tord de douleur”, dit Saïd Printah.

“Mais bapa rajah, et les innocents ?” Nesrine s’exprime du haut de son perchoir invisible, sa voix est comme un oiselet aux jolies petites ailes qui vient se poser sur eux en voltigeant. "Les enfants innocents, ils seront sauvés, n'est-ce pas ?"

Izak s'imagine un train, une grosse locomotive en route pour Crocoville – tchoutchoutchou –, les wagons sont remplis d'enfants. Il en sort de partout, ils se penchent aux fenêtres, ils crient, ils n'ont aucune idée du serpent qui se tord de douleur, et ils font de grands saluts aux perroquets dans les arbres, et ils disent en montrant du doigt : "Tu as vu ? Là ! Et là !" Ils sont en route pour un lieu où ils ne sont jamais allés.

Saïd Printah a le regard grave, le sort des petits enfants est entre ses mains, il soupire, emplit largement ses poumons. "Pattimura !" rugit-il, et un peu plus loin des oiseaux s'envolent en battant des ailes, dans un craquement de branches. Le rugissement princier sonne comme un cri de guerre, un signal d'attaque convenu.

Sont-ils déjà près de la ligne de chemin de fer ? Est-ce déjà le moment ? Izak n'a rien entendu, pas de tchoutchoutchou, rien, pas de sifflet à vapeur, pas de pschutt ! pschutt !

"Pattimura, il a épargné l'enfant, comme je vous le dis !

— Non, de grâce, bapa rajah, couine Nesrine, ne recommencez pas ! Pas cette vieille rengaine héroïque une fois de plus !"

Le prince ne la voit pas, n'entend pas ce qu'elle dit. Menton relevé, regard perdu au loin, il lit dans les cimes des arbres, les nuages. "La mer. La mer autour de Saparua, dit-il, devint, ce jour-là, rouge comme au soleil couchant, rouge et gorgée du sang dont les morts n'avaient plus besoin, mais l'enfant fut épargné, oui ! Le fils de ce damné gouverneur – *Allah akbar !* –, le toean totok*[1] Van den

1. Hollandais, ou plus généralement Européen, résidant aux Indes néerlandaises.

Berg – *la ilaha illallah !* –, il se tenait là, le garçon de six ans, les pieds dans le sang et les entrailles de son père, mais le klewang recourbé ne l'égorgea pas, la main fit grâce."

Izak ne comprend rien, il fait "oui, oui !" de la tête quand les yeux du prince se posent sur lui, s'attardent un instant. Izak se dit : Je le déçois.

"Quant à Pattimura lui-même, dit soudain Saïd Printah, comme si cela lui revenait tout à coup à l'esprit, Pattimura, l'enfant de notre sol, Thomas Matulessy, il n'a pas été épargné, lui. Il a été pendu à une corde et le petit survivant, ce marmot de Van den Berg, il ouvrait de grands yeux mais il ne l'a pas sauvé."

"Bapa ?" Nesrine secoue la tête, sa chevelure noire aux reflets bleus, elle se retourne, si svelte, si gracieuse, sur son cheval. "Si l'histoire finit toujours aussi mal, mon puissant bapa, pourquoi la racontez-vous sans arrêt ? C'est quand même bien triste, n'est-ce pas ?

— On ne sait pas, anak mas*, prunelle de mes yeux, on ne sait pas. Il faut raconter l'histoire encore et encore, et un jour l'issue en sera heureuse, je te le garantis, les Hollandais peuvent d'ores et déjà avaler la pilule."

*

Ils marchent, marchent toujours, et à la longue ils sont bien fatigués. Saïd Printah cherche à repérer une présence ennemie au milieu des fougères, fusil sur le dos, la main sur le klewang, il se penche, ramasse, épluche, colle son oreille sur le sol chaud et humide, un peu plus loin il flaire l'écorce, il épie derrière les paravents verts des palmiers.

“Ici, ici et ici”, dit-il enfin. Du talon il fait des trous dans le sol, marque son territoire. “Oui, c’est ici que s’élève le palais, ici que se dresse le lit où Son Altesse sérénissime la princesse de Siri-Sori va fermer ses petits yeux.

— Et vous aussi, puissant bapa.”

Il fait claquer sa langue, promène en rond un index menaçant. “Je ne dormirai que d’un œil, je ne sais pas encore lequel, et l’autre veillera jusqu’à ce que le nouveau jour ait rendu l’ancien superflu.”

Izak ne sait pas ce qu’est un palais au juste, il a entendu parler du kraton*[1] du sultan de Djokja, mais il n’a jamais su quelle idée il devait s’en faire.

D’abord des piquets sont plantés dans le sol. Puis des étoffes font leur apparition. Saïd Printah les retire directement du dos du cheval, de dessous les fesses de Nesrine, des ikats*[2], des batiks, ainsi que des tapis noués avec les scènes les plus extraordinaires, le cheval s’abaisse de plus en plus, déjà les pieds de Nesrine touchent presque le sol ! Mais non, c’est qu’elle descend de sa monture.

Le prince souffle bruyamment, il tire sur les tissus, les toiles, les tapis, ils sont presque trop grands pour lui, ils le recouvrent entièrement, il fabrique une montagne de couleurs, non, un carré (est-ce bien le nom ? Izak n’en est pas sûr), et puis ça devient une espèce de gugusse, un méli-mélo de coloris et de figures qu’on peut identifier, Izak voit des bandes, des angles, des cercles, il voit des poissons, des fleurs, des plantes, des chevaux avec leurs cavaliers, des feux qui flambent, des étoiles, des scarabées, des mouches, des hannetons.

1. Palais royal.

2. Tissus dont les motifs sont obtenus par la teinture des fils avant tissage.

Non, maintenant il comprend ! Ce n'est ni une montagne ni un carré ni un gugusse en tissu, il comprend au moment où le prince fait glisser sur le côté un morceau d'étoffe. C'est un pondok ! Le palais, c'est une cabane qui a été habillée.

Il veut lorgner à l'intérieur. "Awas, mon gars !" Saïd Printah le tire brutalement par l'épaule. "C'est un palais réservé aux femmes, interdit ! Viens, nous allons rester dehors.

Non, j'ai une meilleure idée, dit le prince, nous allons chasser, les hommes vont à la chasse dans la forêt. A l'affût des bêtes vivantes – regarde, en voilà une ! Et puis, pan ! On l'abat d'un coup de fusil. Oui, toi et moi, on va tirer des bestioles qu'on peut faire rôtir ; en moins de deux on les descend, ces petites canailles qui sont dans les arbres, mon garçon ! Elles n'ont pas intérêt à se payer notre tête ! «Tchii-iii-tchii-iii», c'est le padda qui ricane ? Et pan ! On se calme, l'ami, nous avons faim."

Saïd Printah nomme les oiseaux, il les énumère. Perkoetoet*. Deroek*. Tekoekoer*. Il les nomme par leur nom usuel car il les connaît bien, la petite tourterelle des bois, l'oiseau qui craquette, la tourterelle tigrine ; en effet, il en a chez lui, confie-t-il à Izak.

Nesrine se retire dans son palais d'étoffes, mais ils ne la voient déjà plus, ils se faufilent dans les buissons, ils sont aux aguets.

Izak se demande comment il doit abattre les oiseaux, il n'a que ses mains. On n'a encore jamais entendu dire qu'on pouvait attraper un oiseau à mains nues, comptez-y ! Quelque part dans sa tête il songe au sel, va-t-il la raconter à Saïd Printah, l'histoire du sel sur la queue ? On leur met un peu de sel sur la queue, ils ne peuvent plus s'envoler, ils ne peuvent plus s'orienter, ils font des ricochets sur le sol avec leur petite caboche, mais il est très difficile de s'approcher assez près, presque personne n'y arrive, les oiseaux ne se laissent pas saupoudrer de sel aussi facilement !

Saïd Printah ne prend pas son fusil. Le fusil reste accroché dans son dos. Ah ! Le voilà qui sort quelque chose de ses poches. Izak ne voit pas très bien, puis n'en croit pas ses yeux, c'est une tjagak*, une simple fronde. Non, elle n'est pas "simple", le bois de la fourche est travaillé, on peut y voir des figures finement ciselées, peut-être des animaux qui ont été tués. Les animaux tués ont peut-être été gravés sur la fronde pour y rester à jamais.

Saïd Printah dit : "Je ne vais pas tuer ces bestioles avec mon fusil, c'est du gaspillage. Chaque balle veut dire un ennemi mort, ils l'ont bien mérité, ils sont postés quelque part, à m'attendre, c'est certain, je ne vais tout de même pas viser un petit oiseau de rien du tout ? Pas question de les nourrir aux plombs, ces cocos ! Je ne suis pas fou."

Izak hoche la tête mais il ne sait pas s'il doit approuver ou pas, alors il fait oui en inclinant légèrement la tête, comme ça, c'est un "oui" qui est un petit peu un "non".

"Chut !" Le prince dresse l'index, le pose sur ses lèvres tendues, pas un mot, non pas un seul ne doit sortir.

Oui, oui, fait Izak de la tête, il veut dire non, non, ou plutôt oui, oui, il a compris.

Des deux mains, le prince fait le geste d'attirer à lui : "Approchez les petites bêtes, approchez les petits oiseaux. Et chut !" – de nouveau l'index sur les lèvres.

Quand le jour est mangé par la nuit, les animaux ne sont pas sur leurs gardes.

Ils sont accroupis entre les fougères, comme s'ils jouaient à cache-cache. Serait-ce l'intention de Saïd

Printah ? Que les petites bêtes doivent les chercher ? Un petit air lui trotte par la tête : "Vole, vole, hanneton, si tu peux trouve-nous donc !", "Coco gentil perroquet, viens vite, tu auras du lait". Il faut les entendre chanter, les petits oiseaux, ils jouent aussi à cache-cache, dissimulés derrière les feuillages, ils chantent, ils pépient, ils sifflent, ils jasent à qui mieux mieux, ils font comme si les chasseurs n'étaient pas là, ils font ce qui leur plaît, tout simplement.

Mais ils ne se montrent pas.

"Bande de froussards ! Galapiats ! s'écrie Saïd Printah, qui s'impatiente. Qu'est-ce qui m'a fichu des oiseaux aussi nuls, ils ne me font pas envie, non, ce n'est pas ainsi qu'ils me tomberont tout rôtis dans le bec !"

Il ne va pas se fatiguer pour ça, certainement pas. Saïd Printah a une meilleure idée, il connaît un cocotier qui croule sous les noix de coco, il se courbe sous le poids comme une longue pisang. "Je vais abattre les noix de coco avec la fronde, dit-il, je vais les convoquer devant nous une à une. De quoi se régaler, non ? Mais tu dois te mettre à l'abri, gamin, sinon – toc ! – tu vas en prendre sur ton petit crâne."

*

Quand Izak se réveille, il fait encore nuit. A côté de lui, couché à l'entrée de la tente, Saïd Printah dort. Il est couché sur le dos, comme une sentinelle tombée à la renverse, il étreint son fusil, l'extrémité du canon lui baise la joue. Peut-être qu'il est déjà réveillé et qu'il regarde en haut ? se dit Izak qui pense aussi : mais où est donc passée la lumière ? Le jour a commencé de manière invisible, chuchote le prince avec sa voix du rêve, profonde et douce, sa voix de nuit, au-dessus des arbres il est déjà là, quelque part, en haut, il n'attend plus que nous. Tu penses certainement que ce sont les étoiles, ces scintillements ? Mais c'est la lumière qui brille dans les feuillages, mon garçon, l'étincelante clarté du jour. Seulement elle n'est pas encore arrivée jusqu'ici, elle doit encore nous trouver, ici, tout près du sol.

Derrière les tapis, bariolés comme des jardins persans, les premiers bruits glissent lentement en rond ; dans le crépuscule du matin, la tente est un monticule, pataud comme un éléphant endormi. L'œil ne voit pas bien, mais l'oreille pénètre sans effort dans l'obscurité. Oui, la princesse s'étire, peigne sa chevelure, fredonne une ariette matinale bleu azur : "Les cigales font cri-cri / les oiseaux font cui-cui / dans le manguier doux comme le miel."

C'est comme si le jour n'avait attendu qu'elle, ses douces lèvres, comme si la lumière savait enfin où elle devait aller, la lumière gicle, éclabousse à travers les feuillages, elle scintille, crépite, explose et des myriades de particules lumineuses descendent en tournoyant sur les choses. Un singe commence à crier dans un arbre, un oiseau bat des ailes, un instant c'est le silence et puis tout se déclenche, le bois se met à vivre, à crisser, il chante, appelle, sort de sa léthargie dans un bruit de crécelle.

"Selamat pagi hari*, bonjour tout le monde !" La princesse apparaît dans l'ouverture de la tente, elle le regarde, elle irradie, il en prend plein les yeux, elle sourit, il est terrifié. Par elle, par lui-même. Et voici le cheval – on l'avait presque oublié celui-là ! –, il marche tout content vers elle, il y a un souffle de vent, ses babines tremblotent. Elle lui flatte le col, le flanc, bonjour, mon garçon, te revoilà ? L'animal secoue la tête, gratte du sabot dans la terre humide.

Saïd Printah est à genoux, la tête baissée, son derrière princier levé en l'air. *La ilaha illallah !* Il se redresse, essuie ses genoux. Il jette un coup d'œil circulaire, disperse les cendres du pied, fait disparaître sous les fougères les morceaux de coques des noix de coco. Il démonte la tente, Izak l'aide à replier les tissus.

"On y va ? demande Nesrine.

— Oui, on y va."

*

Ils descendent la colline, prudemment, le cheval manque régulièrement de glisser. Saïd Printah tient la bride serrée, tout près du mors. "Ho ! Du calme, brave bête."

"Quelque part en bas, il y a une voie ferrée, dit le prince. Ça ne peut être que celle-ci, je n'en connais pas d'autre, oui, c'est bien elle, je l'ai vue au moment des cérémonies de Semarang, j'ai attendu deux jours, mais le train n'est pas venu, comme je te le dis ! J'ai appris par cœur tous les tableaux indicateurs, avec les horaires, les stations, je sais exactement à quelle heure ils passent, ces chenapans, si je sais l'heure qu'il est, je ne peux pas les rater !"

Pour Saïd Printah, c'est clair comme de l'eau de roche. "Tout est écrit, dit-il, tout s'accomplit inéluctablement, personne n'a jamais été rattrapé par ses propres pas.

La manière la plus sûre de faire dérailler un train est de tout faire sauter, dit-il, il existe de nombreux exemples chez nous, un bâton de dynamite sous la traverse et – braoum !! – toute la voie ferrée se met en tire-bouchon.

— Cher bapa, mais nous n'avons pas de dynamite, soupire Nesrine, vous le savez bien ?

— Attends un peu ! Attends tranquillement jusqu'à ce que j'aie dévalisé l'arsenal de la caserne, à Crocoville, les gars, là-bas, ils ont des bâtons de dynamite, il y en a des caisses entières qui attendent tout simplement qu'on se serve.

— Mais cher petit bapa, à l'heure qu'il est, nous n'en avons pas ?

— C'est une question de temps, ce n'est absolument pas important. Ils seront là, voilà ce qui compte, c'est écrit dans les signes, les bâtons de dynamite seront entre nos mains, dans un boucan infernal ils proclameront notre nom, ils plongeront nos ennemis dans un silence profond, et ces derniers n'auront plus de bras pour ramasser leurs jambes sur le champ de bataille."

Une idée lui passe par la tête, Izak dit : "Sans bras les soldats japonais ne peuvent pas jouer du piano, n'est-ce pas ? Dans ce cas, il vaut mieux qu'ils le rendent à njonja.

— Ta petite dame hollandaise va transpirer à grosses gouttes dans sa tombe ! Mille pianos ne sauront lui ôter le poids qui pèse sur ses épaules, sa culpabilité fleurit comme mille chardons sur le chemin de pierres ardentes qui mène de ce côté-là."

Izak pense qu'il ne comprend pas très bien. Njonja qui transpire dans sa tombe ? Des pianos qu'on jette par-dessus l'épaule ? Les mots roulent de tous les côtés comme des perles sur un parquet.

"Nos ennemis vaincront nos ennemis ! L'un terrassera l'autre, c'est comme je te le dis !" Saïd Printah saisit le manche ouvragé de son klewang, a un sourire menaçant. "Japonais, Hollandais, Javanais, ils se massacreront mutuellement dans un combat épique, ils accompliront eux-mêmes leur destin, leur sang claironnera l'air sur lequel nous saluons notre liberté, oui nous allons nous la remettre en tête la petite chanson immémoriale, la chanson que murmure le vent quand le soir tombe, quand le clair de lune sur la mer fait briller les poissons argentés endormis, sans les réveiller, la chanson que chante, les yeux fermés, un vrai enfant des Moluques."

Mais Izak n'entend pas le clair de lune, il pense au sang de njonja, au sang de bapa, il n'ose pas interroger le prince à ce sujet. Il se dit : Est-ce qu'ils souffrent, est-ce qu'ils saignent de douleur ? Il sait que cela doit être terrible, et pourtant il ne ressent rien. C'est leur douleur, pense-t-il.

Il trouve difficile de réfléchir à leur propos.

Ils ne sont pas là, njonja et bapa, et, parce qu'ils ne sont pas là, c'est comme s'ils n'étaient nulle part.

S'ils sont quelque part, s'ils existent encore et que je puisse les retrouver, leur chagrin sera peut-être passé quand je les trouverai.

*

Saïd Printah a repéré la ligne de chemin de fer, il la voit bien avant Izak qui scrute encore la vallée à travers les arbres, le prince lui montre du doigt : "Là ! là !" mais Izak ne voit rien.

Le prince jubile : "Je la tiens ! Ne l'avais-je pas dit ? C'est une vieille connaissance, cette voie ferrée, je l'ai vue à Semarang, il y a longtemps, elle ne m'échappera pas, même s'il lui est permis de rêver."

Et il se dirige tout droit vers les rails ! Sans tourner la tête il entraîne le cheval sur la pente, les sabots glissent sur la terre sablonneuse et humide du bois ; Izak se dit : Ça ne va pas tarder, la princesse va faire la culbute et – boum ! – elle est assise complètement de travers ! Il pense : Est-ce qu'il arrive jamais à une princesse de marcher toute seule ? Quant à elle, elle ne s'en inquiète pas, ce n'est pas elle qui le dit mais toute son attitude : si je tombe de cheval, ils me remettront en selle, un point c'est tout.

C'est seulement quand ils sont tout en bas qu'Izak l'aperçoit, la voie ferrée, les rails envahis par les mauvaises herbes, une piste dissimulée sous les feuilles. Il faut bien regarder, sinon on ne voit rien.

"Elle se faufile entre les arbres, cette fripouille, là voilà !" s'écrie Saïd Printah, Izak écarquille les yeux, mais où, où donc ? "Elle rampe sous les herbes et les végétaux, on ne la voit pas tout de suite, c'est une maligne, elle fait comme si elle n'existait pas, mais moi non plus je ne suis pas né de la dernière pluie, elle va l'apprendre à ses dépens."

Il pose fermement un pied sur le morceau de fer rouillé, comme s'il craignait que la voie ferrée ne lui fausse compagnie. Un chasseur, avec son butin, attendant le photographe.

"Quel jour sommes-nous ? Si on me dit le jour, je peux vous dire quel train va passer."

Izak connaît le nom des sept jours de la semaine, mais il ne sait pas quel jour on est.

"Quand nous sommes allés au marché, c'était mardi, avance Nesrine.

— Oui, dit le prince, je m'en souviens, c'était un matin, nous avons acheté des lapis*, du spekkoek*[1] et des wadji*[2] à une petite vieille qui disait : «C'est du nanan, je vous le garantis !» Effectivement, on s'est régalés, on s'est pourléchés toute la journée, n'est-ce pas ? Mmm, sedap, c'était bien bon.

— Je ne sais plus, bapa, ma tête dit oui mais ma bouche n'en sait rien. Et si j'y réfléchis bien – ce que je fais, bien sûr – j'ai oublié chacune de ces petites bouchées."

1. Gâteaux aux épices, à couches multiples.
2. Petits gâteaux de riz au sucre de palme.

Le prince n'écoute pas, il regarde le ciel, il inspecte l'azur. Il pronostique : "Il va faire chaud aujourd'hui, et les jours les plus chauds tombent toujours un dimanche, comme chacun sait, quand on a fait un peu attention."

Izak fait oui de la tête, il le sait lui aussi, fait-il.

"Le dimanche, il y a un train qui part toutes les heures, douze minutes après l'heure, ça ne m'est pas sorti de la tête, croyez-moi, il est donc parti, le chenapan ! Laissez-moi calculer : quand la grande aiguille quitte l'heure entière, douze minutes plus tard, elle est là pile où elle doit être, c'est comme ça, et puis elle doit refaire un tour du cadran. *Allah akbar !* Ça signifie à la vérité que le train peut arriver à tout moment, ce coquin ! Je vais écouter", dit le prince.

Il se baisse, s'agenouille sur les rails et pose son oreille contre le fer rouillé. Son index est dressé, Izak suit le doigt avec attention, s'il fait un signe, c'est que ça va arriver.

Mais il n'arrive rien.

*

Nesrine va cueillir des mûres, elle veut trouver de quoi manger dans le bois. "Au revoir, ma princesse, tu feras bien attention ? – Oui bapa, les mûres ne mordent pas, que je sache, elles piquent seulement."

Saïd Printah fabrique une barricade, avec du bois, des branches, des jeunes troncs, il tresse des tiges et de l'écorce, et il assemble le tout avec. De l'extérieur on ne peut pas voir ce que c'est, on ne peut pas non plus entrer dedans. "C'est mon plan, dit Saïd Printah. L'ennemi se demande ce que c'est, et quand il le découvre, c'est trop tard ! – tchac-tchac ! zif-zouff ! – voilà le prince de Siri-Sori qui taille dans le tas avec son klewang, oui, je vais en faire du hachis. Et ils auront passé l'arme à gauche – ha ! ha ! ha ! – avant de savoir qui leur a fait ça."

Il va les massacrer, se dit Izak, le prince bondit du haut de la barricade, les passagers vont saigner comme des chèvres, ils vont nager dans le sang, leurs dents et leurs yeux seront rouges.

"Le train capote, dit Saïd Printah, il saute en l'air, mais il va retomber ! Les passagers roulent hors du train, et moi je vais les hacher menu comme chair à pâté, jusqu'à ce qu'ils n'aient plus de mimines pour faire au revoir."

Le prince retourne près de la voie ferrée pour écouter, et c'est du sérieux, d'abord il pose une oreille sur les rails, puis l'autre oreille, d'abord sur l'un des rails, puis sur l'autre. Il se relève et secoue gravement la tête. Toujours rien.

Un bruissement, tout proche, un oiseau se met à chanter. Voilà Nesrine sur son cheval. Elle sourit. L'oiseau s'égosille mais il ne peut attraper sa propre mélodie qui grimpe, grimpe, il doit s'envoler s'il veut la rejoindre. Nesrine n'écoute pas l'oiseau, elle montre ce qu'elle a trouvé de bon, elle descend de son cheval.

Beurk ! Un djengkol*[1], ça pue la charogne. Izak se bouche le nez. Baoe boesoek*, quelle odeur de pourriture !

Et la viande, ça vient bien de bêtes mortes, non ? Nesrine hausse les épaules.

Quelle drôle d'idée ! La viande a une bonne odeur de viande, ça sent bon. Izak ne sait pas ce qu'il doit en penser, il avait une de ces faims, il aurait tant voulu manger quelque chose, mais ce fruit nauséabond lui donne mal au cœur. Où as-tu

1. Fruit du jenkol, légumineuse arborescente.

trouvé cette saleté ? Elle ne répond pas. Sous les crottes de bêtes mortes certainement ? Dans la cochonnerie ?

Le prince écoute, réfléchit. “Attendez ! J’ai une idée ! Nous allons voler les provisions des passagers, ils ont des paniers, ils ont de bonnes choses à manger, c’est connu.”

Alors il se met à décrire tout ce qu’il a vu, quand il est resté deux jours à la gare de Semarang, à attendre le train, les morceaux de viande qui mijotaient doucement dans une marmite en fonte, on sentait les odeurs de sereh, de terasi, de santen*, de djeroek peroet*[1], quel délice ! Et puis les colporteurs chinois sont arrivés, avec leurs éventaires de katjang*[2] et de ketimoes*, l’eau vous en venait à la bouche ! Toute la gare sentait la nourriture, si on n’avait pas faim avant, on avait faim sur-le-champ, tous ceux qui en avaient les moyens se remplissaient la panse. Et ce qu’on n’avait pu finir, on l’emportait dans le train quand le train – ouf ! enfin le voilà – arrivait en faisant tchouc-tchouc.

Izak écoute bouche bée, il n’y tient plus, il veut voir arriver le train. A condition que le prince ne le fasse pas dérailler ! Sinon il saute en l’air, le train, la nourriture roule de partout, le train retombe, écrabouille la nourriture. Izak veut le dire, il veut mettre en garde.

Mais le prince ne lui en laisse pas le temps, il se passe quelque chose. Est-ce qu’il sent l’odeur des provisions des passagers ? La fumée de la locomotive ? Il dresse le doigt en l’air, pas le plus long mais celui qui est presque le plus long, il plisse les yeux, qu’est-ce que ça signifie ? Personne ne sait. Est-ce qu’il hume l’air ou est-ce qu’il écoute ?

1. Herbe de citron, pâte de crevettes, lait de coco, lime.
2. Cacahuètes.

Est-ce qu'il voit mieux dans le noir ? Les yeux fermés, on peut voir à travers les choses quand on sait comment s'y prendre. Izak ne le sait pas.

Le doigt qui est presque le plus long pointe vers le ciel, il fait un petit trou dans l'air, un trou qu'on ne peut pas voir.

*

La terre tremble, il sent les vibrations sous ses pieds, ça gronde et ça tressaille, c'est une bête souterraine qui cogne parce qu'elle veut remonter à la surface, sortir à l'air libre. Mais où est passé Saïd Printah ? Izak regarde autour de lui, ne le voit nulle part.

La fumée forme des volutes entre les arbres, elle vient de son côté, le bois est en feu ! Il entend siffler les serpents, la fumée lèche les troncs et les branches de ses multiples langues blanches, il pense à une histoire de dragon, mais pour le moment il n'arrive pas à s'en souvenir, sa tête est vide comme une petite gare inconnue, quelque part, dans l'arrière-pays.

C'est alors qu'il aperçoit Saïd Printah ! Le prince est en bas, il saute sur les rails, complètement madjenoen*[1], le prince ! Il a fait stopper le train. Izak voit le prince imposer sa volonté au mastodonte en agitant furieusement les bras. Un général inconnu qui a caché son armée derrière les arbres, un soldat derrière chaque arbre, un bois rempli de soldats. La locomotive d'un noir d'encre siffle et frémit de colère, elle enrage, elle veut continuer, mais le prince est le plus fort, c'est lui qui décide.

1. Maboul.

De temps en temps le prince disparaît dans les nuages de fumée que crache la locomotive, mais il en émerge chaque fois, la fumée ne le chasse pas, il se tient immobile, droit comme un I, il ne cligne même pas des paupières.

Izak attend, en haut du talus, au milieu de la verdure, il attend et regarde Nesrine ; elle est descendue de cheval, elle s'accroupit elle aussi dans les hautes herbes, le cheval mâche tranquillement des feuilles.

Ce sont des signes que fait le prince avec ses bras, Izak le voit maintenant. Saïd Printah croise les bras, puis il agite furieusement ses mains au-dessus de sa tête, puis il croise de nouveau les bras. Il trace ses signes, il les trace dans l'air avec une encre invisible puis il les efface et les écrit de nouveau.

Les signes s'adressent-ils également à lui ? Doit-il prêter main-forte ? Ou bien le prince va-t-il triompher seul du train courroucé, du serpent qui siffle, de l'adversaire noir comme de l'encre ? Izak veut tout faire de son mieux, c'est la guerre, aucune faute n'est permise, pour celui qui fait une faute, c'est la fin des haricots, c'est le prince lui-même qui l'a dit.

Il coule un regard vers Nesrine, est-ce qu'elle sait, par hasard ? Elle joue avec une mèche de sa chevelure, l'enroule sur son doigt, elle respire comme un agneau nouveau-né, avec des lèvres de rêve, d'une douceur oubliée.

Lentement la tension se relâche dans le train ; dispersés par le vent les derniers nuages de fumée s'effilochent, les vibrations ont cessé, comme les sifflements les trépidations les grondements.

Izak a encore les oreilles qui bourdonnent ; elles étaient si pleines du vacarme qu'elles ne peuvent pas immédiatement entendre le silence, ce silence qui n'en est pas un, car il est plein de l'éternelle stridulation des cigales, du pépiement des paddas, des cris d'un cacatoès.

Le train se plonge dans sa sieste, c'est comme s'il était là depuis des jours, abandonné, oublié, et découvert fortuitement par le prince ici, dans le bois.

Les vitres et les ferrures en cuivre des wagons brillent dans la lumière crue, vibrante de chaleur. Des lézards grimpent sur la carrosserie des voitures, sale et en piteux état.

Quand plus rien ne semble bouger, le prince lève la tête et leur fait signe : Venez !

*

A l'intérieur du train, aucun signe de vie, c'est un train fantôme.

Par mesure de précaution Izak a pris un bâton et il a une pierre dans sa poche. Il marche le long des wagons ; ils sont brûlants, la chaleur lui tire les joues, les lèvres.

Tout en marchant, il trace des lignes sur les vieilles voitures poussiéreuses, son bâton grince. Alors seulement il découvre les trous, il les touche du bout de son bâton. Des impacts de balles ? Sans doute. Il n'en a encore jamais vu.

Ils ont tous été tués, se dit-il, il lève la tête, monte sur un marchepied, mais il n'est pas assez grand pour voir à l'intérieur, il s'en faut de peu mais il n'arrive pas à voir les cadavres des passagers étendus dans le couloir, il n'y arrive juste pas. A moins qu'ils ne soient tous couchés sur le sol, trop effrayés pour passer le nez à la fenêtre ?

Oepoe* allah-e ! Le cri soudain déchire le ciel, le calme bleu de l'après-midi. Saïd Printah est-il devenu fou subitement, un mauvais génie lui a-t-il sauté au cerveau ? Le prince a traversé tous les wagons en courant, il a grimpé par-dessus les rambardes des plateformes, maintenant il se trouve à l'arrière du train. Même Nesrine ne l'a jamais vu aussi furieux, mata gelap*, l'œil noir de colère. Et il ne cesse de crier "Oepoe allah-e !".

Et puis il revient, fonce en direction de la locomotive. Izak, Nesrine courent derrière lui en trébuchant, elle oublie son cheval, le petit cheval arabe, il les suit du regard, ils ne le voient pas.

Le prince a saisi son fusil, il le fait tournoyer sauvagement au-dessus de sa tête, est-ce qu'il veut passer à l'attaque ?

Le machiniste s'est retranché dans sa locomotive noire chauffée au rouge, Izak aperçoit seulement une tête charbonneuse coiffée d'une casquette de service. Il ne tourne pas les yeux vers eux, même pas vers Nesrine. C'est une silhouette, rien de plus, une marionnette du théâtre wajang qui se cache derrière son ombre chinoise ; il continue à ne pas les regarder, le machiniste, il a les yeux fixés sur le lointain, là où la voie ferrée fait un coude et disparaît dans le bois touffu.

Froussard comme un levraut, ce petit Javanais, cette marionnette wajang à casquette ! Il a peur du puissant prince de Siri-Sori, général en chef de l'invincible armée moluquoise, une armée qu'il ne reste plus qu'à mettre sur pied.

Le prince recommence à hurler, il renverse la tête et aussi fort et aussi haut qu'il peut il lance son cri vers le ciel. Oepoe allah-é ! Le cri monte de plus en plus haut, au point qu'ils ne peuvent presque plus l'entendre, eux qui sont en bas. Mais visiblement ce n'est pas encore assez haut pour Saïd Printah, il en lance un autre, le cri provient des profondeurs de son être, il se l'arrache des entrailles. Aààh ! Lààh ! Eéé !

Nesrine dit tout bas : “Il va prendre son fusil.”

Saïd Printah suit des yeux son dernier cri qu’absorbe l’azur infini. Puis il prend son fusil, le charge, l’épaule. Il vise, haut, en l’air.

Le machiniste est figé sur place, il n’ose même pas bouger les yeux.

Izak demande à Nesrine : “Que signifie ce cri du prince ?”

Elle hausse les épaules. “C’est moluquois. Bapa dit qu’il est un peu fâché contre Dieu.”

Avec son fusil à deux coups Saïd Printah trace de petits cercles dans l’air, on dirait qu’il cherche à se placer sur la trajectoire d’un oiseau ; celui qui chasse vise juste au-delà de sa cible, de sorte que l’oiseau en vol se heurte de lui-même à la balle.

Izak scrute le ciel, lui aussi, mais non, il ne voit rien à mettre en joue.

C’est alors que les coups de feu éclatent – pan ! pan ! – d’un des deux canons, puis de l’autre ; le prince rejette la tête en arrière chaque fois, si fort est le recul.

Effrayé Izak rentre la tête dans les épaules, un canard sauvage va s’écraser sur sa petite caboche d’un moment à l’autre, c’est couru !

Dans sa cabine le machiniste commence à geindre comme s’il avait été lui-même touché. “Pasang Toehan ! Pasang Toehan*[1] !” gémit le bonhomme. Il secoue vigoureusement la tête, le petit Javanais noir comme la suie, les yeux exorbités, le blanc de l’œil énorme et jaune, comme s’il ne comprenait pas qu’il hurle comme un porcelet qu’on égorge alors qu’il ne peut pas avoir été touché, c’est évident. Pasang Toehan ! Il défie Dieu, adoeh ! Il tire sur le Seigneur Dieu, il essaie d’abattre le Tout-Puissant comme un

1. Il tire sur le Seigneur Dieu !

vulgaire oiseau, adoeh kasihan ! adoeh ampoen*, grâce ! Cet homme est fou à lier, il ne sait pas ce qu'il fait.

Saïd Printah pose son fusil sur le sol, ferme les yeux. Est-il en prière ? Donne-t-il le bon exemple de la prière ?

Les yeux fermés, mains jointes, il pousse haut et fort un cri d'allégresse : "Allah est immortel ! Jamais le Tout-Puissant ne tombera du ciel comme un oiseau mort, jamais. Les balles sont pour lui comme des gouttes de pluie, chacun le sait, il étend la main dans cette pluie, et sa main reste aussi intacte qu'auparavant, pas un seul trou !"

Le machiniste ne sait pas qui il doit redouter le plus, son Toehan offensé ou ce cinglé de Moluquois.

Pendant le trajet, il en a vu de rudes, on peut le dire, même si c'est lui qui le dit ; dans la montagne, on a canardé son train à trois reprises à partir d'une embuscade, les passagers ont sauté des wagons un à un comme des grenouilles, en emportant avec eux toutes les bonnes choses à manger, les lempers, les lapis, tout ce qu'il y avait de bon ; le pauvre Javanais a l'impression d'être un petit paysan de la rizière, avec deux seaux bien remplis aux deux extrémités de sa palanche, et puis ça déborde d'un côté, ça déborde de l'autre, il en répand un peu à droite, il en répand un peu à gauche, et quand il arrive au marché – ouf ! – les deux seaux sont aussi vides qu'un panier percé.

Mais un fou qui ose tirer sur Dieu, non, le petit noiraud n'avait jamais rien vu de semblable sur la voie ferrée.

*

Ils n'ont pas besoin de prendre des billets, dit le machiniste. Izak et Nesrine vont choisir une place, ils parcourent tout le train dans un sens puis dans l'autre, il y a tellement de banquettes, tant de places libres, où s'asseoir ?

Saïd Printah marche derrière eux, l'air distrait. Il pense encore à ce qui vient de se passer. Quel kafir*[1] débile peut croire en un Dieu troué comme une passoire, avec des impacts de balles dans sa Toute-Puissance ? Il lui manque une case à ce Javanais. Comment peut-on imaginer une chose pareille, faire sauter des petits morceaux d'Allah à coups de fusil – pan et pan ! – jusqu'à ce qu'il n'en reste plus rien, de Sa Seigneurie ? Assurément, c'est le trou de l'incroyance, le vaste néant des mécréants. Prends garde à toi, moricaud, avise-toi de sortir sans chapeau ! Allah se présente sous la forme d'un trou à ceux qui ne croient pas en Lui, mazette ! Ils regardent, regardent, mais ne Le voient pas, ils ont beau écarquiller les yeux, leurs regards Le traversent, et après ils affirment : Nous n'avons rien vu du tout.

Quand le train s'ébranle dans un grand fracas, ils se laissent tomber quelque part, sans chercher plus loin, jettent dans un coin leurs bagages leur tente et tout le fourbi – ouf ! – enfin ils sont assis. Le sifflet à vapeur hurle ; poussée par le vent, la fumée rase les fenêtres, pénètre à l'intérieur par les fentes et les interstices, du dioxyde de carbone, ça les fait tousser, la banquette oscille, la vitre tremble dans la glissière, la porte du compartiment est secouée, ils se lèvent, veulent regarder par la fenêtre. “Le cheval ! s'écrie Nesrine, nous oublions le cheval !”

Mais le cheval ne les oublie pas, le voici, il arrive au trot à leur hauteur.

1. Incroyant.

Nesrine veut ouvrir la fenêtre, mais la fenêtre est coincée, elle s'ouvre difficilement, zut alors ! Nesrine passe la tête au-dehors, de côté, par l'entrebâillement, sa chevelure flotte devant son visage, elle ne voit plus rien, brave petit, dit-elle, brave bête ! Elle caresse l'air, elle fait des cajoleries.

Les chevaux sont comme ça, Saïd Printah le sait. Fidèles jusqu'à la mort. Il va se rasseoir, désigne à Izak la place à côté de lui. "Dans nos îles du Nord, quelque part, raconte le prince, il y avait un vieux guerrier qui s'était fait enterrer avec son cheval et le reste. Mais l'animal, mon garçon, il ne renonce pas, il creuse avec son sabot, il tire avec sa mâchoire, il tire le vieux de sa tombe avec tige et racines, comme si c'était du gingembre."

Izak entend la voix du prince, il continue à l'entendre mais il ne le comprend déjà plus, il entend les coups sourds de la locomotive, le cliquetis des portes et des fenêtres, le ferraillement des roues. Il sent le plancher vibrer sous ses pieds. La banquette de bois sur laquelle il est assis se balance comme un rocking-chair en rotin. Couinements, craquements, avec, dominant le tout, le sifflet à vapeur.

Il somnole et dodeline, bercé par le mouvement du train, il s'endort. Il rêve du soleil qui brille entre les feuilles, il entend un balai glisser sur un certain rythme, frr-frr, pause, frr-frr, pause. Un homme fume dans un hamac. Bapa ? Le clou de girofle crépite quand il tire sur sa kretek*. Frr-frr, pause, fait le balai. La lumière éparpillée a sombré au fond de l'eau comme de la monnaie d'or ; l'eau est si claire, elle clapote tranquillement, l'or va faire des grimaces, la lumière est d'argent maintenant, comme l'eau. La cigarette crépite, le balai balaie, frr-frr, pause, le hamac se balance doucement.

De temps à autre ses yeux s'ouvrent, à moitié, ses cils forment une klamboe*[1], un rideau de bambous.

La locomotive halète. Izak voit le dos de Nesrine, elle est penchée à la fenêtre, ses mains nagent dans l'air, elles cherchent à toucher le petit cheval, il galope aussi vite qu'il peut, il galope le long du train. Izak entend le prince dire : "Ils l'égorgent avec le kriss poesaka, du sang avec de petites bulles gicle de son col, ça pétille, ça écume, les sabots frappent sauvagement, ils marchent dans l'air, mais le corps gît sur le dos, il disparaîtra sous la terre." Isac entend mais ne comprend pas. Il entend le petit cheval courir le long du train, ses sabots qui claquent, ses naseaux ses lèvres qui s'ébrouent qui soufflent qui respirent la vapeur de la locomotive, la fumée lui sort par les oreilles les naseaux. Des étincelles jaillissent sous les sabots, le petit cheval galope sur du feu.

Izak le suit docilement, le feu est une piste dans le noir du sommeil, il l'a déjà vue dans ses rêves, il n'a pas besoin de regarder, ses paupières se ferment d'elles-mêmes.

*

Est-ce qu'il entend quelqu'un sangloter ? Ou s'agit-il d'un souvenir ? Un chagrin lointain qu'il ne reconnaît pas immédiatement ? Il oublie d'en savoir plus, son sommeil est si doux, le wagon le berce, il redevient un petit enfant, un bébé, si doux est son sommeil, si agréable son assoupissement, et ainsi il se rendort.

1. Moustiquaire.

De nouveau des sanglots. A moins qu'ils n'aient pas cessé. Ils lui sont familiers, cela pourrait être ses propres sanglots maintenant qu'il écoute bien, l'harmonique inférieur, c'est le murmure d'un robinet rouillé qui fuit, les sanglots eux-mêmes tintent comme des gouttes d'eau limpide, de ces larmes magnifiques que le soleil aime tant, lui aussi.

S'est-il mis à pleurer à son insu dans son sommeil ? Il devrait se réveiller pour en avoir le cœur net, actuellement il n'est pas en mesure de bien réfléchir.

C'est le train qui lui vient en aide. Bang badabang ! Il se réveille en sursaut, se redresse, que se passe-t-il ? Rien. La place en face de lui est vide, le prince est assis à l'autre bout de la banquette, à côté de la princesse, c'est elle qui pleure, ses larmes coulent sur la vitre. Elle est assise et pleure, elle ne caresse plus son petit cheval, elle ne caresse plus l'air où galope son petit cheval.

C'est un peu mon chagrin à moi, pense Izak en la regardant, en voyant son profil affligé, elle pleurait dans mon rêve et maintenant elle pleure pour de bon, ses larmes tintent comme des gouttes de pluie, elles tictaquent contre la vitre, elles ruissellent tristement. Et le prince parle sans arrêt, avec douceur et sollicitude, sa voix bourdonne comme une grosse mouche bleue dans le compartiment, on l'entend et puis on l'oublie par intermittence mais elle revient chaque fois. “Rien ne se perd, dit la voix princière. Ce qui disparaît n'est pas perdu mais se trouve simplement quelque part ailleurs.

— Mais où donc, bapa, où donc est-il parti gambader tout seul, mon joyeux petit compagnon ? Dites-le-moi, bapa rajah, dites-le vite !

— Quelque part dans l'univers, c'est là qu'il se trouve, ton petit cheval, ma fille, aussi vrai que je te vois, car tout ce qui est parti demeure, se trouve tout simplement à un autre endroit. Tout a sa place, souvent c'est une place que nous ne connaissons pas encore, mais cela en dit plus long sur nous qu'autre chose, nous ne connaissons pas encore assez bien l'univers, c'est tout, il n'y a rien de plus, je t'assure.

— Mais si le petit cheval ne connaît pas cet endroit, bapa, pas mieux que nous ? S'il ne peut pas trouver la place qui est la sienne, qu'arrive-t-il ?

— Eh bien, il en trouve une autre, betoel ! Un cheval trouve toujours un endroit où aller, ce sont des animaux qui ont leur place quelque part, c'est leur nature, ils aiment courir, ils sont toujours en route pour un certain lieu, alors sèche tes larmes !"

*

La cadence des roues, le rythme des sanglots, on ne peut plus les distinguer, ils se complètent, ils s'attendent, Izak ne sait plus s'il entend le train ou la princesse éplorée, elles se hâtent ensemble, la princesse et les roues du train, les sanglots lubrifient les axes des roues, les arbres deviennent de simples traits, ils sont de plus en plus minces, le paysage se déploie, les rizières brillent jusqu'à l'horizon, là où le paysage devient bleu comme le ciel.

Ils descendent dans la vallée, une rivière surgit à côté du train, l'eau ridée par la brise scintille, des éclairs clignotent à la surface, la lumière rase le kali comme un miroir qui bascule en permanence.

En face de lui, côté fenêtre, le prince s'est assoupi ; il ronfle doucement, à l'unisson des sanglots, des roues du train, il fait la basse continue, sa bouche s'est ouverte, la mâchoire inférieure dodeline sur le sternum au rythme de la respiration, un filet de salive s'étire lentement, brillant comme une larme.

Ce qu'on voit dehors, c'est comme si on tournait les pages d'un livre d'images, les images déferlent sur Izak, page après page. Les yeux brillants, il fixe le paysage, il s'approche, s'approche encore, mais, au moment où il arrive, l'image s'est déjà envolée. Chaque fois que le train s'approche, le paysage s'éclipse. Il surgit, disparaît dans son dos et réapparaît, il se présente à toutes les fenêtres, et les pages succèdent aux pages, sans fin, le train écrit un livre qu'Izak commence à connaître par cœur.

Le prince rêve bruyamment, affalé sur la banquette en bois, la princesse s'est blottie contre sa poitrine. Est-ce qu'elle pleure encore ou est-ce qu'elle rêve, elle aussi ? Serait-on passé des gémissements aux hennissements ? Dans son souvenir, le petit cheval, la bride sur le cou, hennit – pourquoi pas ? –, il gambade joyeusement sur sa langue, pourtant elle ne peut pas l'attraper.

Izak les regarde dormir et se dit : Il n'y a plus que moi maintenant. Il se lève, se promène entre les banquettes vides ; du plat de la main il frappe les dossiers en bois, une petite tape à gauche, une petite tape à droite, les bras étendus, il va contre le sens de la marche, ses bras deviennent des ailes, il vole sous le vent, il fait du sur-place alors que tout le reste bouge, il plane comme un oiseau dans l'air.

Autour de lui le train qui fonce à vive allure cahote sur les rails en cognant sourdement, l'intérieur vibre jusque dans ses moindres recoins, mais Izak ne le remarque pas, il a fermé les yeux, il plane, mais pas vraiment, sous ses doigts il y a les banquettes, les banquettes sont des touches, il y a les noires et les blanches, c'est inattendu ici, mais elles sont là, ne les sent-il pas lui-même ? Il les sent sous ses doigts, de vrais doigts de pianiste, dit njonja, juste de la bonne longueur, avec la paume large, les mains des Amboinais sont faites pour le piano, la race moluquoise est une race de pianistes. Izak hoche la tête, il le sait, mais il ne sait pas jouer, il fait courir ses doigts sur le bois, ils montent et descendent avec brio mais ce n'est pas encore de la musique, il en est parfaitement conscient.

*

Saïd Printah a fini son petit somme, il piaffe, il s'ébroue entre les banquettes, il cherche quelqu'un à qui parler, ce sera Izak, "Ecoute-moi", s'écrie-t-il d'une voix tonitruante. Il gesticule, veut toucher quelque chose mais il ne touche que le vide. "Qu'est-ce qui est écrit sur ce panneau accroché là ?" Izak ne sait pas, il ne sait pas lire. Il a appris un peu, à l'école amboinaise, mais il y a si longtemps, il ne connaît plus bien les lettres. "Tiga* !" dit-il soudain, il voit le chiffre qui ressemble à un ourson assis, c'est comme ça qu'il l'a retenu. Pattes en bas, pattes en haut, la tête au-dessus. "Satoe*, doea*, tiga, un, deux, trois." Le prince secoue vigoureusement la tête, il en a assez entendu. "Trois, c'est ça, troisième classe !" Il ricane, il crache les mots sur le plancher sale. "Ils nous ont fourrés en troisième classe, comme un vulgaire boedak aux pattes crottées." Izak remarque *in petto* : "Mais c'est nous, pourtant, qui nous sommes mis ici !" "Un prince, rugit Saïd Printah, un prince de Siri-Sori est au-dessus des classes ! Où est-il allé chercher ça, le Javanais, dans sa méchante petite tête ? Et que pense-t-il y gagner ? La première pour les Hollandais, la deuxième pour les Javanais, et la troisième pour nous, assurément ? Betoel ! Dans ce cas, il peut numéroter ses abattis !"

Et le voilà parti, Saïd Printah.

Avec fracas, il ouvre rageusement la porte qui donne sur la plateforme, il s'y tient un instant, chancelle, la rafale le frappe au visage, ses cheveux, ses vêtements flottent, claquent dans le vent, il escalade la balustrade en fer, il saute – plooing ! – comme une sauterelle sur la plateforme du wagon suivant, il ne voit pas le trou béant, le sol sans fond qui file sous lui.

"Allah va châtier, vous pouvez m'en croire ! Il va trancher les mains et les pieds, et après, débrouillez-vous !" Il hurle face au vent, Saïd Printah, il crie : "Venez les enfants !" Mais il n'attend pas la réponse, il est déjà loin.

Nesrine jette un coup d'œil par-dessus son épaule, Izak cherche à accrocher son regard, il a envie de demander : Qu'allons-nous faire ? Sauter nous aussi dans l'autre wagon ? Je suis trop petit, pense-t-il, je vais m'écraser, je vais être pulvérisé entre les roues. "Et si nous… ?" demande Izak, il n'est pas sûr de poser la question. Nesrine ne le voit pas, elle étire négligemment le bras, la main, elle examine ses doigts, il n'y en a pas deux de même longueur, Izak regarde ses propres doigts, dans son cas, l'index et l'annulaire sont aussi longs.

Elle secoue sa tête aux beaux cheveux, un mouvement presque imperceptible qu'Izak a failli ne pas voir. "Il ne faut pas sauter, dit-elle, non, il ne faut pas. Bapa va revenir de lui-même."

Izak acquiesce, marmonne "tanggoeng*", bien sûr, va docilement se rasseoir sur la banquette pour attendre. Il regarde la porte du wagon, elle ne s'ouvre pas, il baisse les yeux un instant puis regarde de nouveau la porte du wagon, elle ne s'ouvre pas, la porte est en bois de teck, sombre, poli, les ferrures sont de cuivre, la vitre est sale, des doigts inconnus ont tracé des signes, ce ne sont pas des lettres, du moins à sa connaissance.

Il continue à regarder la porte, mais, en réalité, il ne la voit plus, il ne voit pas davantage le bois luisant et la vitre, la poussière et les signes, il regarde dans le vide, ses yeux renvoient toute image perçue, taches, traces, de quoi s'agit-il au juste ? Ils ne retiennent rien.

*

Le train roule lentement désormais, si lentement que les arbres le long de la voie accompagnent le train. Nesrine passe la tête à la fenêtre, sa chevelure flotte devant son visage, elle espère encore, elle espère voir son petit cheval. Si les arbres peuvent accompagner le train… se dit-elle. Elle passe entièrement la tête par la fenêtre, ses cheveux nagent dans le vent, des larmes s'envolent de ses yeux, son visage se noie dans les cheveux, dans les pleurs, elle a la respiration coupée. Pourtant elle continue à regarder en arrière, elle essaie toujours, on ne sait jamais, avec un peu de chance, il va arriver, son petit cheval, en galopant dans sa direction.

Izak la voit de dos, il ne recueille que les bribes de son chagrin. En ce qui le concerne, le cheval, ça ne lui fait rien mais il a de la peine pour elle. Il ne sait pas vraiment pourquoi, mais une princesse sans cheval, ça ne lui semble pas beres*[1].

Il en oublie complètement de regarder la porte du wagon, c'est seulement lorsqu'elle s'ouvre brutalement et que pak*[2] Saïd fait irruption qu'il se souvient. Il a complètement oublié d'attendre, et pourtant voilà que le prince est de retour !

1. Conforme.
2. Par aphérèse, de bapak, "père", terme d'adresse respectueux à l'égard d'un homme plus âgé.

Le prince porte un panier à bout de bras, au-dessus de son turban, il le brandit en exultant. “Je l’avais bien dit, mes enfants ! Je l’avais bien dit ! En première, la banane pousse sur les arbres, betoel !” Le prince montre son butin. Il peut faire une croix dessus, l’ennemi ! “Voyez-les couchées dans le panier, pisang pisang sajang*[1], sentez comme on les a bien en main, ma petite fille chérie, cher petit Amboinais, servez-vous et régalez-vous !”

*

“Regardez ! dit le prince d’un ton docte, c’est ici que commence la ville.” Ils regardent par la vitre, ils sont là, tous les trois, dans ce train vide, à se presser devant la même fenêtre. Izak se dit : Est-ce que pak Saïd a aperçu un crocodile ? Est-ce la preuve ? Le prince désigne le paysage : “Les maisons sont de plus en plus denses, vous voyez ?” Ils roulent à travers un kampong où s’entassent les pondoks aux cloisons de gedek, aux toits en feuilles de cocotier, Izak voit des gens, des enfants, des porcelets, des poules, un coq, ils sont si près, le train ne va tout de même pas leur passer dessus ?

Le sifflet de la locomotive hurle, retient son souffle un instant, hurle encore, les poules s’envolent en caquetant, des nuages de vapeur tombent du ciel sur le kampong, restent accrochés comme des barbes blanches pelucheuses dans les clôtures de bambous, dans la vaste ramure d’un tamarinier.

Saïd Printah les engage à surveiller le fleuve. “Quand le grand Kali Mas*[2] apparaît le long de la

1. Bananes de mon cœur (parodie d’une chanson traditionnelle).
2. Le fleuve d’or.

voie, s'encadrant de toute sa largeur majestueuse dans notre petite fenêtre, quand nous avançons au rythme du grand Kali Mas, lui coulant paisiblement, nous roulant dans un bruit de ferraille, alors le voyage est terminé, nous prenons nos valises, et nous nous préparons à descendre."

Sans plus attendre, Saïd Printah raconte la vieille légende : "Le fleuve d'or et la mer salée vivaient en paix jusqu'au jour où le calmar arriva et se mit à écrire de vilains mensonges sur les eaux. Tjoemi* le calmar écrivit de ses huit bras à la fois, chacun eut droit à un message différent, chacun prit le texte qui lui revenait, en fit sa propre vérité et quand l'eau eut lentement dissous les mots en voiles d'encre, impossible de retracer ou de faire quoi que ce soit.

Le crocodile avait déduit du message transparent que le requin voulait devenir le maître du kali. Depuis toujours ces bêtes effroyables envoyées par Dieu avaient vécu en paix l'une à côté de l'autre, Bojo le crocodile régnait sur l'eau douce, Soero le requin sur l'eau de mer, chacun était souverain dans son propre domaine. Mais, malheureusement, Soero méditait en secret la perte de son rival.

Bojo conçut une attaque-surprise ; il sortit des roseaux, se laissa glisser dans les profondeurs du fleuve et dériva, comme un tronc d'arbre, en longeant les rives vertes où se trouvent actuellement les quais de Tandjoeng Perak, jusqu'au grand large ; plus l'eau devenait salée sur ses babines, plus sa colère grandissait contre son rival, et quand il eut trouvé Soero sur le fond sablonneux où dorment aussi les coquillages qui rêvent de la lumière du jour comme des fleurs nocturnes, il n'hésita pas, il fit claquer ses mâchoires comme s'il happait un leurre en métal, voilà comment il fit claquer ses mâchoires hérissées de dents.

Le requin n'avait pas reçu de message de Tjoemi le calmar, il se fit glissant comme une anguille, espérant que le crocodile reviendrait de lui-même à de meilleurs sentiments. Il ne mordit à son tour qu'à partir du moment où son sang commença à colorer l'eau, et quand il répliqua pour de bon, c'est alors que la mer devint vraiment rouge, les deux adversaires se déchirèrent jusqu'à l'os, jusqu'à la grande arête, leur sang assombrit l'eau limpide comme si le soleil s'était couché au beau milieu du jour et avait sombré dans les profondeurs invisibles."

Saïd Printah raconte comme seul un prince sait le faire, il tient les enfants sous le charme, chacun oublie de regarder dehors, ils sont assis du mauvais côté. Derrière eux, dans l'autre fenêtre, il y a longtemps que le Kali Mas les accompagne de son cours majestueux, le soleil scintille sur les vaguelettes, des pirogues aux voiles carrées glissent au fil du courant, les maisons se pressent sur les rives, certaines sont construites sur des pilotis, à fleur d'eau.

"Voilà pourquoi, continue Saïd Printah imperturbablement, la ville aux crocodiles est parfois aussi appelée Soerabaja, pour honorer la mémoire non seulement de Bojo mais aussi de Soero. La ville existait déjà dans les contes, bien avant qu'un mortel ne l'ait vue. Même si elle est située sur le fleuve d'or, on préfère ne pas ignorer la mer.

D'ailleurs, dit-il, le Kali Mas coule derrière nous, le voilà, le beau gosse !"

*

Dans l'immense gare de Setaas Sepoor*[1] il n'y a aucune animation : pas de porteurs, de passagers

1. Chemins de fer nationaux.

pressés, de vendeurs de fruits à la sauvette, de petits crieurs de journaux, de cireurs de chaussures. Il n'y a même aucun train à quai. A perte de vue, dans le hall, sur les quais, tout est vide et désert. Un espace perdu. Leurs yeux cherchent à repérer une flèche, une indication ; rien. A une bonne distance, sur le côté du hall, les portes d'entrée aux ferrures de cuivre vert-de-grisé sont défoncées, elles sont sorties de leurs gonds, le verre a volé en éclats.

Soudain un sifflement retentit derrière eux, comme si quelqu'un aspirait de l'air à pleins poumons. "Couchez-vous !" ordonne le prince. Ils plongent sur le sol, se mettent à plat ventre. Alors Izak ressent une énorme pression sur ses tympans, un vacarme phénoménal qui cherche à pénétrer dans ses oreilles, mais ça ne va pas, le bruit est trop gros, il ne parvient pas à entrer. Il forme une boule, quelle pression ! La boule est tassée dans le conduit de l'oreille, elle s'enfonce de plus en plus loin. Le sol gronde, Izak sent la terre bouger sous son ventre, et soudain c'est un silence de mort, il se trouve à l'intérieur, ne peut en sortir, il veut dire quelque chose mais sa voix ne peut pas sortir non plus, il sent remuer ses lèvres, sa langue.

A côté de lui il voit pak Saïd qui, lui aussi, remue les lèvres, mais sa voix ne peut pas sortir. On dirait qu'il est derrière une vitre, ou sous l'eau. Nesrine s'est réfugiée un peu plus loin, elle a les mains collées sur les oreilles, elle ferme les yeux en crispant ses paupières comme si quelque chose l'écrasait, il ne peut voir ce que c'est, il voit seulement du vide.

"Allah akbar !" Le doigt de pak Saïd fait un signe derrière la vitre, sa bouche s'ouvre et se ferme sous l'eau, il s'est levé d'un bond, il tire son klewang, de la pointe de la lame, il désigne le haut, le lointain. Izak ne semble pas concerné, il constate et il

les oublie aussitôt, le klewang qui désigne, le prince qui gesticule farouchement.

Nesrine est encore couchée sur le ventre. Un morceau du ciel serait-il tombé ? Juste sur sa tête ?

Derrière le prince s'élève une énorme colonne de fumée noire, Izak l'aperçoit maintenant, la silhouette colorée du prince le domine de toute sa taille, puisqu'il est encore allongé sur le sol, il voit l'imposante silhouette à partir des pieds, un prince de légende sur fond de fumée noire, ce sont des nuages noirs qui ne cessent de s'empiler, une tour de nuages qui grandit et grandit, ils s'étirent, grimpent les uns sur les autres, se chevauchent, et, à la base, des feux crépitent, ce sont les feux qui crachent les nuages noirs.

Les nuages noirs atteignent le soleil, soudain le ciel s'obscurcit, ce n'est pas la nuit mais une obscurité que transperce la lumière, l'obscurité du tonnerre et des éclairs, l'obscurité d'une hoedjan*[1], quand il pleut des cordes.

Tout se passe dans un grand silence, comme si rien n'arrivait. Il sent une boule dans ses oreilles, juste un peu trop grosse, elle est comprimée, ça fait un peu mal. Comme il n'entend rien, tout a l'air de se passer plus loin encore, que lui importent ces nuages de fumée, ce feu qui crache ?

Il est toujours à plat ventre, quelque part dans le hall de la gare et il examine ce qui l'entoure. Il n'y a qu'un seul train, le leur, avec l'avant collé au butoir, la voie s'arrête là, c'est la fin de la ligne. La végétation a tout envahi, les quais, les voies ferrées, les murs du hall. Des petits oiseaux rouges volent en rond sans bruit, ils tracent dans l'air des figures qu'ils effacent aussitôt, ils pensent qu'ils ne

1. Trombe d'eau.

peuvent pas sortir, mais ils se trompent, si on lève les yeux, ce n'est pas un toit qu'on aperçoit, mais le ciel, le ciel qui est sombre comme un plafond, les murs intérieurs ressemblent à des murs extérieurs, ils s'effritent comme des ruines, sont recouverts de lierre, la grande horloge est tombée, c'est une boîte à biscuits gigantesque, partout gisent des éclats de verre, des morceaux de pierre, ici et là, parmi les herbes qui poussent entre les dalles, parmi les buissons qui bourgeonnent, parmi les guirlandes de la vigne vierge qui se ramifient dans toutes les directions, une prolifération végétale qu'il semble impossible d'enrayer désormais. Nulle part dans cette immense ruine on ne voit un seul voyageur, le genre d'individu à s'affaler sur un banc, quelque part sur un quai, et à tuer le temps en tapotant du pied, en tambourinant des doigts, avec une petite toux superflue. – Et pourtant, si ! Dans le lointain quelqu'un approche, tout à fait à l'autre bout, Izak ne l'avait pas vu immédiatement, il n'entend rien, c'est pour ça, il n'entend pas grincer les gonds de la porte à la vitre brisée, il n'entend pas les éclats de verre crisser sous les semelles, ni craquer les jeunes pousses, il n'entend pas le soupir que pousse le voyageur essoufflé qui trimballe une valise bien trop grande pour lui, il voit seulement – soudain – un petit bonhomme insignifiant et paumé, un petit type charriant sa valise, qui n'avance pas ou à peine dans cet espace immense envahi par la végétation.

Le prince pose son index sur ses lèvres, montre son fusil pour rassurer. Est-ce que pak Saïd va tirer sur le bonhomme ? Comme un chasseur il s'est retranché derrière son monticule de tapis d'Orient ; le cheval n'étant plus là, c'est lui qui coltine sur son dos le palais démontable, il le faut bien. Derrière son retranchement, il suit les mouvements du totok.

Tout là-haut, au-dessus du toit qui n'existe plus, les nuages noirs dérivent dans l'espace, ils dérivent lentement, déjà le soleil les transperce de ses rayons, un coin du hall est vivement éclairé, un coin seulement, où tombe la lumière.

*

Le totok se rapproche. Pak Saïd resserre les doigts sur son fusil. L'homme titube, il avance en zigzaguant, on dirait. Essaie-t-il d'éviter la trajectoire d'une balle éventuelle ? Il est si près maintenant, Izak voit que les jointures de ses doigts, contractées par l'effort, sont exsangues, sa tête bouffie est écarlate. Le totok ne remarque pas les trois Moluquois, il y a longtemps que ses yeux d'un bleu froid ne voient plus rien dans cette jungle ferroviaire.

Il est possible qu'il dissimule un revolver dans sa poche intérieure, ou qu'il ait un holster accroché au mollet, les Hollandais sont coutumiers du fait, c'est connu.

Izak ne comprend pas pourquoi le totok est leur ennemi. Pak Saïd parle le langage des sourds, il avance les lèvres autant qu'il peut mais Izak n'a aucune idée de ce que le prince essaie de dire. Izak a la tête lourde de silence. De nouveau le doigt sur les lèvres. Izak fait oui de la tête.

Il pense à njonja et se dit : Peut-être que le totok connaît njonja ? Il l'a peut-être vue quelque part, quelque part dans la guerre. Les Blancs se connaissent tous, comme chacun sait, ils se voient dans des fêtes où les dames jouent du piano, dans leurs maisons, ils ont même un gros telpon*[1] noir qui leur permet de parler à l'autre bout du monde, Izak a vu

1. Téléphone.

un appareil de ce genre chez njonja, elle s'en sert pour parler à la Hollande, là-bas il fait toujours nuit, dit njonja, c'est pourquoi elle est venue habiter à Malang.

Alors il sent que ça va arriver tout près de lui, il sent que Saïd Printah bande ses muscles, il sent la tension vibrer dans l'air qui est entre eux deux, le prince va-t-il faire feu ? Non, il bondit comme un singe, se jette, avec son klewang dégainé, sur le totok qui ne s'y attend pas. Est-ce qu'il pousse des cris sauvages ? Est-ce qu'il hurle ? La scène se déroule dans le silence pour Izak, on dirait une danse, le totok est couché sur le sol dans son costume blanc sale, le prince saute comme une grenouille, comme une sauterelle, au-dessus de lui, sur lui, autour de lui, le klewang dessine à vive allure des arabesques dans le vide, des sourates inconnues où le sort du totok est dépiauté sous l'angle théologique. D'une main, le totok cherche désespérément à rattraper son chapeau blanc sale qui a roulé un peu plus loin, la poignée de sa valise qui s'est renversée, de son autre bras, il essaie de repousser de son visage, de sa pomme d'Adam, la lame qui zèbre l'air, il préfère avoir un bras en moins que la gorge tranchée, il y a des choix qu'il faut oser faire, se dit Izak.

Nesrine est accroupie et tremble comme un oisillon, elle entoure son buste de ses bras, ses petites ailes, est-ce qu'elle pleure ? Non, elle tremble seulement, c'est une fille, elle ne supporte pas la vue du sang.

Izak pas davantage, mais il ne veut pas le montrer, il veut rester indifférent, il veut pouvoir penser : il peut bien crever, le totok, je ne le connais pas, il ne va pas me manquer, selamat orang poetih*[1] !

1. Bien le bonjour, l'homme blanc !

Mais le prince ne tue pas le totok, le klewang rentre dans son étui par précaution. Pak Saïd l'interroge maintenant à mains nues, il le secoue comme un prunier, il lui flanque une peur bleue pour que l'autre froussard lui dise tout ce qu'il veut savoir. Demande-t-il au totok s'il connaît njonja, s'il sait où est le piano ? Il lui tire le nez, il lui tire les lobes des oreilles, il lui tord le bras au point que le bras a failli casser. Ampoen silakan* ! pitié, s'il vous plaît, seigneur rajah, ampoen silakan ! Izak lit le message sur les lèvres sèches du totok, épargnez-moi, ô prince, ô seigneur courroucé, faites-moi grâce, laissez-moi la vie pour que je puisse continuer à fuir.

Pak Saïd estime que ça suffit comme ça, il remet le totok sur ses pieds, tapote le costume blanc sale pour faire tomber le plus gros de la poussière et tend la main au bonhomme, il lui serre la main droite et de l'autre il lui donne des tapes amicales sur l'épaule. Il lui propose, en s'inclinant, de lui porter sa valise, le totok fait un geste de refus, mais si mais si, j'y tiens, dit le prince, il tient à accompagner le totok jusqu'à son train, je connais le machiniste, je le connais bien, c'est un ami à moi, je vais vous présenter. Le totok se méfie, mais pak Saïd est intraitable, il accompagne son hôte à travers l'immense gare déserte jusqu'au train, le seul qui roule encore dans toute cette guerre ; il croit savoir que le train va à Pasoeroean.

*

Ici les rues sont des places, mais il ne roule ni voitures, ni betjaks, ni vélos, les maisons sont énormément hautes, Izak n'a encore jamais vu des bâtiments aussi hauts, il est au fond d'un gouffre, son regard s'élève le long des parois verticales vers le haut, vers la lumière, la lumière éclatante qui rayonne dans le ciel bleu maintenant, les nuages sont minces comme la fumée d'une cigarette.

Certaines maisons en pierres, dévastées par le feu, se sont écroulées, ce ne sont plus que des montagnes de pierres, de poutres et de planches calcinées. Les maisons en bois sont couchées comme des boîtes en carton qu'on aurait aplaties avec le pied. On aurait envie de leur redonner forme. Là où les maisons ont disparu, la vue est dégagée, Izak pense apercevoir la mer dans le lointain, il n'en est pas sûr, il n'a jamais vu la mer.

Ils traversent une rue ou une place, au milieu il y a de l'herbe aussi haute que de l'alang-alang*[1], peut-être que des serpents s'y dissimulent, betoel ! Ils préfèrent contourner l'herbe.

Sur un grand bâtiment flotte un drapeau, ce n'est pas le drapeau de Negeri Belanda*[2] ni celui de Djepang, il est rouge et blanc, et un peu plus petit qu'un drapeau ordinaire, c'est peut-être un fanion pour une fête. Izak regarde si pak Saïd a vu le drapeau mais non, le prince avance, courbant la tête comme un mulet, avec sur son dos les pièces de tissu des toiles et des tapis que portait auparavant le petit cheval.

Pak Saïd aperçoit quelque chose d'autre, il désigne le côté de la route en gesticulant, il regarde Izak, il regarde Nesrine, il désigne encore, ce qu'il dit se perd dans le silence.

C'est Nesrine qui le voit la première, c'est normal, c'est son cheval ! Sous la profusion florale écarlate d'un flamboyant qui surplombe un muret, à côté

1. Graminée à feuilles minces et hautes, pouvant atteindre soixante-dix centimètres.

2. Des Pays-Bas.

d'un petit porche de jardin badigeonné à la chaux, il est là, en train de brouter le chiendent vigoureux. Les yeux de pak Saïd parlent d'eux-mêmes : je le disais bien, je l'ai toujours dit, n'est-ce pas ? Sa fille ne sait plus qui elle doit embrasser en premier, elle le sait en réalité, elle court vers le petit cheval et lui saute au cou.

Comment peut-elle savoir qu'elle a trouvé le bon, se dit Izak, des petits chevaux de ce genre, peut-être qu'il y en a partout.

Ils installent la charge sur le dos du cheval. Nesrine attrape son favori par la bride, l'embrasse sur le col, lui fait des mamours en fourrageant dans sa crinière, elle est si heureuse, elle est si jolie de nouveau, une vraie princesse, elle est faite de tout ce qui brille dans la lumière toute neuve du matin.

Pak Saïd n'arrête pas de parler, délivré de son fardeau, il fraie des deux mains la voie à ses paroles. Elles sont rapides, ces petites bêtes, quand elles veulent, leurs sabots n'avancent pas sur le sol mais sur le courant d'air qu'ils produisent eux-mêmes, voilà à peu près ce que dit le prince, Izak le devine sans peine, un train est tout simplement trop lent pour un cheval, alors ils préfèrent partir loin devant, au galop, les loustics, et en un rien de temps ils vous attendent sous le panache de cet arbre aux petites fleurs rouges – j'ai oublié son nom –, ils rigolent doucement, avec l'air de dire : "Alors, où étiez-vous passés ?" C'est bien connu, betoel ! Ce n'est pas une fable, comme vous le constatez.

*

"Si la princesse a pu retrouver son cheval, dit pak Saïd, toi aussi, tu devrais retrouver ton piano." Izak ne l'entend pas, il n'entend toujours rien, il lit sur le visage de pak Saïd.

Ils continuent à marcher, les rues brûlent sous leurs pieds, le cheval, lui, rien ne le gêne, il sourit et se laisse câliner par sa petite amie.

"Monte donc sur le dos de ce stupide animal, dit pak Saïd, non seulement tu es la princesse de Siri-Sori, mais, en plus, tu es fatiguée.

— Non, bapa, s'il vous plaît !" Elle ne veut pas s'asseoir sur le cheval, au-dessus des pièces de tissu des toiles et des tapis. "Il a été suffisamment éprouvé, dit-elle, le pauvre mignon."

Depuis un long moment ils suivent les rails du tramway, Izak fait glisser un bâton dans la rainure, quand tout va bien, c'est là que circule le tram à vapeur, mais ça ne va pas bien, c'est la guerre, l'herbe envahit tout, Izak pense à son père, est-il venu par ici ? Son père ne lui manque pas, il est si souvent parti, il patrouille dans la jungle, il marche contre Djepang, bapak est toujours parti, Izak a l'habitude.

Il lève les yeux vers les hautes maisons. Y a-t-il des gens qui habitent derrière ces centaines de fenêtres vides ou bien sont-ils là, ces grands bâtiments, seulement parce que c'est une grande ville et qu'ils doivent s'y trouver ? Il regarde toutes ces fenêtres aveugles, noires comme la nuit. Les habitants de Crocoville sont-ils là, cachés derrière, à attendre ? Et attendre qui ou quoi ? Trois Moluquois et un cheval, à la recherche d'un piano ?

"Awas, attention ! s'écrie pak Saïd, sa bouche gobe l'air à plusieurs reprises, bersiap*[1] ! Pelopors*[2] !" Il pousse Nesrine et Izak contre une façade, sur le

1. Littéralement "Soyez prêts !" (Référence au cri de guerre des nationalistes dans la lutte pour l'indépendance de l'Indonésie.)

2. Des pionniers ! (Nom donné aux jeunes combattants indépendantistes.)

sol, il entraîne le cheval par le mors, ils doivent se cacher tous les trois derrière l'animal. Il y a des tireurs aux fenêtres, Izak ne voit rien, il n'entend toujours rien, c'est peut-être pour ça. Si, tout de même, il pense qu'une balle est venue ricocher en plein milieu de la rue, il voit le sable, la poussière s'élever en tourbillonnant, quant à la balle, il faut se lever de bonne heure pour la voir. Est-ce sur nous qu'ils tirent ? Qui est visé en fait ? Inaudibles, invisibles, les balles sifflent à travers la rue, elles tissent dans l'air un filet métallique, il a beau regarder, il ne voit rien, le ciel est éclatant de lumière, seraient-ce les oiseaux qui brillent ainsi ?

Une grue descend en vol plané au-dessus des maisons, projetant l'ombre de ses grandes ailes sur les façades, sur la rue, mais non, ce n'est pas une grue, c'est un avion, il lâche des bombes grosses comme des crottes, Izak voit très distinctement exploser le bâtiment d'en face, le cheval tombe aussi, il tombe sur eux, ils doivent pousser pour le remettre sur ses jambes.

Entre-temps le bâtiment d'en face s'est écroulé, un seul mur est resté debout avec les encadrements des fenêtres intacts, pour le reste, des montagnes de gravats couvrent le sol en un rien de temps. Izak est ébahi, il ne peut même pas se rappeler à quoi ressemblait l'immeuble. Au-dessus des ruines il y a bien un nuage de poussière, mais celui-ci a une autre forme, il est difficile d'y voir une maison. La poussière fait tousser pak Saïd, il noue son foulard de cou devant sa bouche et son nez, retire du tas d'étoffes une pièce de batik et une pièce d'ikat, lance la première à Izak, et noue tendrement l'autre sur le visage de sa fille. Ils doivent protéger leur petit nez leur petite bouche de la poussière, dit-il, c'est de la sale poussière de macchabées javanais, pouah !

*

"C'est une drôle de guerre, cette perang, soupire le prince, je n'y comprends plus rien, mais alors ce qui s'appelle rien, tidak, apa-apa*[1] ! Est-ce que les Javanais ont pris les Moluquois pour cible ? Et qui sont-ils, ceux qui font péter des bombes du haut du ciel ? Les Hollandais sont en fuite, les Japonais ne se montrent plus nulle part, le totok a dit que c'étaient les tommies, qui sont ces gens et que viennent-ils faire ici ?" Il hausse les épaules, pak Saïd, son fusil tressaute sur son dos, il n'a rien à faire dans cette kota terkoetoet*[2] bousillée par la mitraille ! Non, ce qui se passe dans les rues, ce n'est vraiment pas sa guerre, il préfère regagner les bois, se retrouver au milieu des animaux, des arbres, des rivières, des gorges, des volcans, c'est là qu'il se sent chez lui.

Izak nage en rond dans son propre silence comme un poisson rouge dans son bocal, il rêvasse, il laisse flotter ses pensées : dans cette ville il y a un bâtiment, quelque part dans Crocoville il y a un bâtiment et dans ce bâtiment il y a une pièce, un espace, et dans cette pièce, cet espace, se trouve – peut-être ! – le piano de njonja. Il lève les yeux, observe le ciel, est-ce qu'il va de nouveau pleuvoir des bombes d'un instant à l'autre ? Les maisons s'écroulent devant lui, bientôt il n'y en aura plus une seule debout, et le piano sera enfoui sous les décombres.

Pak Saïd sort de sa poche un bout de papier froissé sur lequel le totok récalcitrant a écrit une adresse en hollandais, avec de belles boucles et de belles arabesques. Il le donne à Izak, il ne sait pas

1. Non, je me demande bien ce qui se passe !
2. Cette ville maudite.

que le garçon a oublié ses lettres, il n'est pas allé à l'école suffisamment longtemps, le maître est dans un camp depuis le début de la guerre. "L'adresse que je te donne est celle d'un Chinois, dit pak Saïd, il s'appelle Masta Pelmasta Wong, il est directeur de l'école de musique, il s'y connaît en pianos, mon garçon, c'est un expert en la matière."

Ils vont me quitter ! Ça coupe, ça le transperce, adoeh, ils vont me laisser tout seul dans la ville aux crocodiles ! "Adieu, mon garçon, dit déjà le prince, il lui tape dans le dos, bonne chance, petit gars d'Amboine, je suis sûr que tu t'en sortiras, tu retrouveras ton machin à faire dingelingeling, ton piano, et aussi cette dame hollandaise dont j'ai oublié le nom, tout ira bien, c'est la règle, ce n'est pas ça qui nous empêchera de dormir !"

La princesse n'est déjà plus de ce lieu, ses yeux semblables à des étangs ne reflètent que le lointain, Izak ne s'y retrouve plus, elle est montée à califourchon sur son cheval, c'est une image qu'il connaît, c'était dans un livre ou dans une histoire qu'on lui a racontée, personne ne peut dire si c'est réellement arrivé.

Le prince commence à lui donner des bourrades dans le dos à le pousser : "Allez mon garçon, je te mets dans la bonne direction, c'est par là, tu tournes plusieurs fois à droite, puis plusieurs fois à gauche, et c'est là, il y a une porte que tu reconnaîtras tout de suite, il ne faut pas pleurer, petit, non, il ne faut pas !" Izak secoue la tête, non il… il… ne va pas pleurer, il va prendre à droite et puis encore à droite et encore à droite et ensuite à gauche, plusieurs fois de suite, il va sonner à la porte, chez le toean Masta Pelmasta Wong, et il va demander : "Monsieur, est-ce que vous auriez vu un piano quelque part ? C'est le piano de njonja, vous savez, et je viens le chercher."

*

Maintenant qu'il marche tout seul, la ville lui fait l'impression d'être encore plus dévastée qu'elle n'était précédemment. A travers les vides, entre les maisons, il aperçoit la mer. A moins que ce ne soit le ciel ? Difficile à dire. Quelque part, à cet endroit, il doit tourner à gauche, dans une longue allée bordée de cocotiers, les feuilles sont des plumets vert et brun qui flottent au vent de mer. Il lève les yeux, la tête renversée, qu'ils sont hauts, ces troncs de palmiers, ce sont des mâts qui s'enfoncent loin dans le ciel, il regarde devant lui, dans le lointain, c'est une palissade de mâts, de troncs, un tunnel où passe la lumière, s'il pouvait les toucher, il sentirait leurs stries sous ses doigts.

La chaussée est couverte de nids-de-poule, il faut les enjamber, sauter par-dessus, certains sont si profonds qu'on pourrait se cacher dedans, il faut les contourner tant ils sont grands.

Sous la galerie antérieure d'une grosse villa dont les planches d'un blanc crème sont perforées de balles, les petits trous noirs dessinent des figures bizarres qui ne veulent rien dire, un grand oiseau bigarré est posé sur le dossier d'un fauteuil en rotin.

Izak ne le voit pas, il s'efforce de penser au prince, à la princesse, il est vaguement triste, mais c'est dû au fait qu'il est resté tout seul ; pour être honnête, il ne peut plus se rappeler avec précision ces deux-là, il ne sait pas comment faire, ils étaient toujours là et maintenant ils n'y sont plus, il a besoin de les voir, s'il les voit, alors il se rappellera. Quand quelque chose vous manque, il faut d'abord le trouver, autrement on ne sait pas ce que c'est, voilà à peu près ce qu'il se dit. Il n'en est pas sûr, il sent seulement à l'intérieur de lui-même un trou, pas très gros, que ronge la nostalgie aux petites dents pointues, c'est un trou obscur qui se trouve juste à l'endroit où commence tout ce qui a disparu.

Attention ! Le cri traverse de part en part son silence intérieur, il y a des hommes qui marchent là. Il les a bien vus, n'est-ce pas ? Ils marchent de l'autre côté des palmiers, à l'extérieur, il les voit puis il ne les voit plus, ils vacillent comme la lumière du jour. Kadang-kadang*, par intermittence, il les aperçoit, oui, les voilà.

Il plonge au milieu de la chaussée, dans un de ces entonnoirs assez profonds pour abriter un homme. Le bitume est devenu mou et poisseux sur le pourtour, il sent l'odeur du goudron, les pierres coupantes, les blocs détachés du revêtement lui tailladent les mains et les genoux. Son corps est plus gros qu'il ne pensait, il n'arrive pas à se dissimuler entièrement. Il a l'impression qu'il étouffe : ses oreilles sont bouchées, il retient sa respiration, il ferme les yeux, il s'est complètement retiré en lui-même. Si son corps est une chose, il s'est caché dans cette chose, il espère que s'ils trouvent son corps, lui, du moins, ils ne le trouveront pas.

Mais s'ils l'ouvraient, son corps ? Est-ce qu'ils ouvrent les corps pour savoir qui se cache à l'intérieur ?

Comme il n'entend rien, il ignore ce qui se passe. Où sont les hommes ? Est-ce qu'ils poursuivent leur chemin ? Est-ce qu'ils regardent autour d'eux ? Il se demande combien de temps il faut pour arriver au bout d'une aussi longue avenue jalonnée de trous et de morceaux détachés, il ne sait pas comment il doit le calculer, le mesurer, peut-être qu'il devrait s'endormir, quand il se réveillera, ils seront partis.

*

Mais ils ne sont pas partis. Ils sont juste à côté de son kolong, ils parlent, ils fument, ils montrent quelque chose de la pointe de leur fusil, ils montrent une certaine maison. Lui, ils l'ont vu depuis longtemps, apparemment ils s'en moquent, un gamin dans un trou, ils n'en ont rien à faire.

Izak attend, attend toujours, jusqu'au moment où il se demande ce qu'il attend. Qu'il n'y ait plus rien ? Mais il n'y a déjà rien, il est au milieu du rien.

Quand il passe le bout du nez par-dessus le bord – ouille ! – il les voit tout de suite, les hommes. Est-ce que ce sont des soldats ? Des pemoedas*[1] ? Ils n'ont pas l'air de faire attention à lui, ils sont trop occupés à discuter.

Alors il va tenter le coup, il va marcher, lentement d'abord, puis de plus en plus vite, il a déjà rentré la tête dans les épaules comme s'il sentait arriver une pierre, un coup sur la nuque, un bout de bois, un tuyau de plomb. Il n'ose pas se retourner, il ne sait pas ce qui se passe dans son dos. Ça fait un bout de chemin jusqu'au tournant, il peut aussi s'enfoncer entre les maisons les bâtiments, voir s'il peut s'échapper en courant tout le long. Il ne le fait pas, ce serait fuir, celui qui s'enfuit est coupable, doit être puni. Il vaut mieux marcher tranquillement, comme si on était chez soi dans le quartier, ne pas attirer l'attention.

Un cri retentit. "Berhenti*, halte !" ou quelque chose dans ce genre. Il n'entend rien, bien sûr, avec ses oreilles bouchées, il sent seulement – kasihan ! – qu'on l'attrape par le col montant de sa chemise – aïe ! – le bouton graisseux lui rentre dans la gorge.

1. Des jeunes combattants révolutionnaires.

Alors l'homme l'agrippe par le cou, le soulève comme une plume d'une seule main, car il tient sa cigarette dans l'autre. Izak reste suspendu en l'air, complètement immobile, il n'ose pas se débattre, tout à l'heure le pemoeda va lui briser le cou à force de serrer, ça fait mal, les larmes lui viennent aux yeux.

Quelqu'un le dégage en tirant, le pose sans ménagement sur ce qui devait être les épaules d'un des autres types mais Izak atterrit à moitié sur la tête de l'homme qui le repousse en faisant des moulinets des deux bras, Izak donne des coups de pied à droite et à gauche, prend une bonne tape sur la tête qui l'étourdit. Alors celui qui le tient toujours solidement l'assoit sur ses propres épaules. Il crie quelque chose à la cantonade, tout le monde s'esclaffe. Izak voit les bouches se transformer en goules, en gueules aux dents de carnassiers, il n'entend rien, il les voit happer et happer encore, les gueules mordent de plaisir, les yeux restent vigilants, ils ne participent pas.

Quand ils en ont assez, les types le reposent à terre. Ils l'interrogent, mais amicalement, ils ne le menacent pas.

Izak ne sait pas quelles sont leurs intentions, il ressent encore le rude coup qu'il a reçu, est-ce qu'ils veulent l'aider ? Qu'est-ce qu'ils attendent de lui ? Il se dit : Est-ce que je dois leur montrer l'adresse de Masta Pelmasta Wong ? Il vaut peut-être mieux qu'ils ne la connaissent pas ? Il ne sait pas si un Chinois est aussi un ennemi, il ne savait même pas que les Javanais étaient des ennemis ! Djepang, la Kempeitai, d'accord, mais ceux-là ?

Il sort l'adresse, le papier fait le tour de l'assistance. Les hommes se penchent dessus, examinent les lettres avec attention, est-ce qu'ils ne savent pas lire, pense Izak, oui, c'est ça, ils ne savent pas lire, ils s'inclinent sur ce bout de papier comme si c'était une page du Coran où les mots poussent comme de la vigne vierge, où les phrases serpentent sur la feuille, l'un d'eux dit qu'il sait où ça se trouve, il indique une direction, on tourne plusieurs fois à gauche, plusieurs fois à droite, ça doit être là, dit-il.

A leur tour, les autres se mettent à indiquer le chemin : plusieurs fois à gauche, et puis plusieurs fois à droite, tout le monde gesticule et parle, tout le monde sait.

Izak lève la main, terima kasih, merci beaucoup, disent ses lèvres, bon, on y va, disent ses jambes, et elles le disent à grandes foulées ultra-rapides, on y va !

IV

L'école de musique n'est pas difficile à trouver. Masta Pelmasta Wong l'attend déjà devant la porte, c'est une silhouette d'une netteté irréelle, de facture impeccable, en noir et blanc, ses souliers vernis brillent comme la pommade de ses cheveux noirs de jais. Il s'appuie négligemment contre le montant de la porte, il le fait avec allure, *con sprezzatura*[1], comme s'il s'accordait une pause, dehors, sur le trottoir, entre deux morceaux de concert.

Son attitude est si naturelle qu'Izak ne réalise pas d'emblée que le bâtiment contre lequel s'appuie le virtuose s'est effondré aux trois quarts.

La montagne de gravats provenant des étages détruits forme une sorte de toit pointu, Izak ne s'en étonne pas spécialement, il ne connaît pas le bâtiment sous une autre forme, c'est pourquoi cela ne le frappe pas vraiment. D'ailleurs il lui faut regarder en l'air pour voir le toit, mais il n'y songe pas, l'hôte des lieux monopolise toute son attention, il n'a encore jamais vu quelqu'un de semblable, même chez njonja Alma, il en a entendu parler, il en a rêvé, donc, dans un certain sens, il est au courant. Il est seulement surpris de voir qu'un tel homme se trouve ici, le plus normalement du monde. Le seul

1. En italien dans le texte, "avec nonchalance".

élément étrange, c'est lui Izak, le petit Amboinais, si intimidé maintenant qu'il est tout près du mystère du piano.

Masta Pelmasta Wong a tout de suite compris qu'il était sourd, ce qui est déjà peu banal.

Le favori des dieux jette sa cigarette, une chose superflue qu'envoient promener ses doigts. Le soulier éteint la cigarette en pivotant élégamment sur le sol. "Suis-moi, disent sa tête qu'il incline, la main qui lui fait signe, j'ai quelque chose pour toi."

Ils entrent dans l'ombre, pénètrent dans un vestibule de marbre blanc aux colonnes corinthiennes, il y fait frais. Placés entre les colonnes, toujours exactement au milieu, des socles massifs supportent un tas de bonshommes à la mine grave, ou plutôt seulement leurs têtes et le haut du buste, on dirait des totoks qui ont été amputés du bas, des hommes de métier les ont montés sur de la pierre de Java originelle, en guise de prothèse pour remplacer le corps manquant. Au fond, il pense apercevoir une porte, non, un portail dissimulé derrière une draperie de velours rouge. La salle de concert ? Il en a entendu parler, njonja lui a raconté, ce sont des salles contenant de cent à mille fauteuils environ, mais on entendrait voler une mouche, tout le monde essaie d'écouter le piano, et on ne peut l'entendre que si le silence est total, dit njonja, le même silence que j'ai maintenant dans ma tête, pense Izak.

Mais Masta Pelmasta Wong s'engage dans une cage d'escalier, les marches en bois usées les mènent à un sous-sol plongé dans la pénombre.

Partout sur les murs sont accrochés des instruments de musique, Izak en reconnaît certains pour les avoir vus dans les défilés de fanfares, à la caserne, quand la musique militaire royale, en tenue kaki, claironne et trompette sur le terrain immense, en plein soleil. Il reconnaît la trompette, la clarinette, le tambour, la flûte traversière. Pón, pón ! pón, pón ! les gros souliers martèlent en mesure, à contre-mesure, en mesure. Il voit aussi : une guitare, des biolas*[1], des grands biolas, un genre de guitare fabriquée à partir d'un tambour plat, et une ribambelle d'instruments à vent étranges, de la famille des flûtes ou de celle des clairons.

Derrière un rideau de batik imprimé de dragons, Masta Pelmasta Wong a une petite commode en laque dans laquelle il conserve flacons et boîtes, c'est son armoire à pharmacie contenant des remèdes qu'il a préparés ou importés lui-même. On y croit ou on n'y croit pas, mais c'est bigrement efficace, telle est sa devise. C'est un Chinois et un Chinois aime bien donner un coup de main aux miracles, les associer aux recettes éprouvées des temps anciens.

Il choisit un flacon d'huile de ricin que feu son grand-oncle a personnellement rapporté de la fameuse province du Fujian, il date encore du bon vieux temps des Ts'ing. Pendant ce temps il fait signe à Izak de s'installer sur une petite table en vannerie.

Mais d'abord il prend un antique cornet acoustique qui ressemble à un coquillage exotique par sa forme tarabiscotée. Izak se dit : Quel drôle d'instrument de musique, surtout quand Masta Pelmasta Wong lui enfonce le petit bout dans l'oreille. "Ne bouge pas, dit-il, c'est un essai." Izak doit tenir lui-même l'instrument en forme de coquillage, c'est ça, ainsi Masta Wong peut faire un test auditif et, dans ce but, il prend une toute petite flûte dans laquelle il se met à souffler en gonflant les joues.

1. Des violons.

Très très loin Izak entend quelque chose mais il peut aussi s'agir d'un bourdonnement qui se trouve dans son oreille même.

Son guérisseur chinois hoche la tête en réfléchissant, il en sait assez, il reprend le cornet acoustique, revient avec un petit entonnoir en fer-blanc. Izak doit se coucher sur le côté, toujours sur le guéridon, on lui glisse sous la tête un coussin qui sent le renfermé, puis Pelmasta lui remplit l'oreille d'huile, ça déborde, il sent un filet d'huile couler le long de son cou et goutter sur sa nuque. Il faut attendre que tout ait bien pénétré, lui fait comprendre le médecin avec des gestes précautionneux. Ensuite Izak doit se tourner sur l'autre côté. Une autre oreille, le même traitement.

*

Masta Pelmasta Wong tire sur un cordon, il relève une moustiquaire poussiéreuse qu'Izak n'avait pas vue, c'est seulement quand le voile de gaze disparaît dans les hauteurs qu'il le remarque.

Il est toujours allongé sur la petite table, se demandant si le traitement est officiellement terminé. Toutefois il s'est redressé, appuyé sur le coude, il peut mieux voir ce qui se passe.

D'abord il distingue seulement les grains de poussière qui se concentrent en tournoyant dans la lumière parcimonieuse, la poussière scintille comme une chose précieuse, infiniment fragile, on croirait presque qu'elle vient d'ailleurs.

Et puis il le voit, mais il met un peu de temps à réaliser. Il n'a jamais vu une chose pareille, il n'en croit pas ses yeux, un blanc, il ne savait même pas que ça existait, comment doit-on regarder quelque chose qui en réalité n'existe pas ? Un piano à queue blanc. Au milieu du poudroiement lumineux, il surgit comme une apparition magique, une image de rêve.

Est-ce bien un piano ? Il est si blanc, ce n'est pas possible, ne s'agit-il pas d'autre chose ? Qu'est-ce que c'est au juste ?

Il se met sur son séant, il n'y tient plus, il se lève pour mieux voir.

Masta Pelmasta Wong a soulevé le couvercle, ouvre la bouche, petit piano, montre-nous tes dents, espèce d'animal. Il s'est assis sur le tabouret qu'il fait glisser, tantôt vers l'avant tantôt en arrière, ce n'est jamais à sa convenance, il glisse, le tabouret glisse et il regarde à chaque instant en arrière, Pelmasta, pour voir où se trouvent ses fesses. Puis il étend les bras avec précaution, contrôle si les poignets jouent librement sous les manchettes, oui ils fonctionnent, les bras marchent encore.

Laissez faire les doigts, pense Izak, laissez-les courir sur les touches à leur gré.

Il y a très très longtemps qu'il a entendu un piano, et un blanc, en plus, maintenant, voilà qui est nouveau pour lui.

Une fois installé, le maestro jette un coup d'œil dans sa direction. Héé ! Pas question ! dit l'index. Tu n'as pas le droit de te lever ! Pelmasta lui intime par gestes de se recoucher immédiatement sur la petite table, le traitement n'est pas encore fini, le test auditif commence seulement maintenant. Les doigts effleurent les touches blanches, évitent les noires, ils caressent l'ivoire avec une extrême douceur, non, il n'entend rien, Masta Pelmasta Wong l'interroge du regard, il fait non de la tête, je n'entends encore rien, même pas un tout petit peu, le silence de ces mains est aussi profond que le silence dans ma tête.

Ça chatouille seulement un peu à l'intérieur, dans le conduit sinueux de l'oreille, le conduit en forme de coquille d'escargot, mais c'est peut-être dû à l'huile de ricin.

Les mains vont et viennent sur les touches, Masta Pelmasta Wong est lui-même étonné de voir ce que font ses mains, ses bras ont peine à suivre, son corps se penche sur la gauche sur la droite en avant, ses mains lui font perdre la tête, il doit leur lâcher la bride, les mains font absolument ce qu'elles veulent désormais.

Et pendant ce temps, la poussière scintillante descend sur lui en tournoyant, sur ses cheveux noirs luisants, sur son habit noir. Elle scintille quand elle tournoie, la poussière, mais elle ne scintille plus quand elle se pose sur le pianiste qui devient de plus en plus terne, jusqu'à se faire oublier.

Et puis ça y est ! Izak pense d'abord qu'il les rêve, ces sons qui entrent dans ses oreilles en tintant gaiement, ils planent ils dansent, ils ne touchent pas le sol ils sont aériens, si vides, si lumineux, si clairs, si transparents.

*

"L'huile de ricin provient du Fujian, mais pas lui. Les Pelmastas viennent d'Ulm, dit-il, c'est une ville située dans un pays qui s'appelle Djerman*[1]."

Et pour développer un peu, il raconte ses années d'études intéressantes dans cette ville, il a été entre autres l'élève du professeur Klopfholz, et on lui a décerné le titre de *Meister Kapellmeister*, ce qui donne à Wong le droit de s'appeler aujourd'hui Masta Pelmasta*[2], et peu de gens aux Indes néerlandaises peuvent en dire autant !

1. L'Allemagne.
2. Monsieur le maître de chapelle.

“Djerman est un des plus beaux pays du monde, de tous ceux qu’il connaît, c’est le plus beau, dit-il. Tout est blanc, froid, clair, tout a de la classe ! Une partie de l’année le pays est entièrement recouvert d’une couche épaisse d’un blanc à vous faire grelotter, qu’on appelle là-bas de la neige, alors chacun se calfeutre dans son chez-soi, et on fait du feu pour se réchauffer ; et puis ils commencent à jouer du piano et à chanter, dans chaque maison on chante des chansons, ils adorent la musique dans ce pays. Même les truites des ruisseaux de montagne savent chanter, quand elles sautent hors de l’eau, elles atteignent sans effort le double contre-*ut* et elles le happent au vol, comme une mouche.

— Et ce nain blanc, qui est-ce ? Quelqu’un de Djerman ?” demande Izak en montrant un buste qui se trouve sur le piano.

Le *Kapellmeister* hoche la tête. “En réalité, c’est Masta Wiwi Betopi*[1] qui devrait se trouver là, mais, hélas, il est tombé au champ d’honneur dans l’un des premiers bombardements de Soerabaja. J’ai gardé les morceaux quelque temps, dans une boîte. Celui-là, c’est Masta Pedrik Tjopèh*[2], il me restait de l’époque où j’étais à Ulm, on recevait alors un Tjopèh en cadeau pour l’achat de deux paquets de nouilles de un kilo. Il est bon lui aussi, certes, un crack du piano à cent pour cent, mais pas aussi bon que Masta Betopi, le Grand Sourd. Malheureusement ce dernier était mort depuis cent ans quand je suis arrivé à Ulm, sinon j’aurais pu le guérir avec mon huile de ricin reçue en héritage. Voilà deux petites oreilles qui, grâce à moi, auraient

1. Ludwig van Beethoven.
2. Frédéric Chopin.

fonctionné de nouveau, *ohne Bohne*[1], comme on dit en Djerman."

Izak regarde ses mains et demande : "Est-ce que j'ai des mains de pianiste ? Njonja Alma l'a dit, elle m'a pris les mains et m'a dit : Ce sont des mains de pianiste aussi vrai que je te parle."

Masta Pelmasta le regarde rêveusement, dans ses yeux scintille encore la neige allemande.

"A Ulm, on dit toujours qu'une main de pianiste est d'abord une main qui a ses cinq doigts et dont les ongles sont propres et taillés ras. De plus, elle est courte et large, c'est-à-dire que les doigts sont courts et la paume large. Ce qui importe, c'est l'étendue couverte, du pouce à l'auriculaire. Un doigt court, certes, est un peu désavantagé dans la largeur, en revanche seul le doigt court trouve la position idéale sur le clavier, un doigt long est vite trop loin sur la touche ; le bon toucher se situe à l'avant, là où l'effet de levier du mécanisme fonctionne de manière optimale, aussi bien pour le pianissimo que pour le fortissimo.

— Et moi ?" demande timidement Izak.

Le *Kapellmeister* lui prend la main, la pétrit, sent les os des phalanges, contrôle la partie charnue, écarte les doigts. "Est-ce que tu peux bouger chaque doigt indépendamment ? Rapproche l'annulaire du petit doigt, non, pas le petit doigt de l'annulaire ! Et le majeur ?"

Ils collent, ces idiots, se dit Izak, ils sont collés les uns aux autres.

"Hum ! soupire le maître chinois, plongé dans ses pensées, il hoche lentement la tête : Le bidule du milieu n'a pas beaucoup de vigueur, ça peut

1. En allemand dans le texte, littéralement "sans haricots", d'après l'expression *Bohne in den Ohren haben*, "avoir des haricots dans les oreilles, avoir les oreilles bouchées".

causer un problème, mais l'extension est bonne, en largeur, rien à redire."

*

Il tire Izak par sa chemise trempée de sueur, saisit un coin de l'étoffe entre le pouce et l'index. "Deuxième leçon, dit-il, en lâchant la petite chemise. Les pianistes ne sentent pas mauvais. Masta Pelmasta Betopi n'avait pas d'odeur, c'était bien connu. S'il se trouvait derrière vous dans l'obscurité, on ne pouvait pas savoir qu'il était là.

— Mais quand il toussait ? fait remarquer Izak.

— Evidemment, quand il toussait, mais il ne dégageait aucune odeur."

En une seconde, d'un œil qui joue au flipper, le maître prend ses mesures. "En haut, il me reste des affaires, non, pas en haut, l'étage a été bombardé. Mais heureusement j'ai descendu les vêtements des gamins, l'armoire contenant les vêtements pour l'orchestre de l'école, non, pas l'armoire, elle a été pilonnée avec le reste, on ne respecte plus rien de nos jours, mais les vêtements, je les ai sortis à temps. On ne sait jamais, dit-on, mais, moi, je le savais, une petite bombe a tôt fait de vous tomber dessus. Les voilà ! Qui glisse une main dans l'armoire est assuré de sa prise, comme on dit à Ulm.

C'est l'uniforme officiel de l'école, j'ai pu soutirer le stock au Kulturamt[1] quand ils ont voulu me remercier pour avoir joué magistralement sur le célèbre orgue Wurlitzer, à Würzburg. J'ai dit, je suis preneur pour cent uniformes, ils voulaient aller jusqu'à cinquante, nous sommes restés à marchander

1. Services culturels de la ville.

quelque temps, et puis j'en ai reçu soixante-dix. Il n'y en avait pas davantage."

Le costume en question est composé d'une culotte en peau de chèvre avec un haut, un pont se rabattant à l'arrière et des bretelles, des chaussettes montantes d'un blanc immaculé, une chemise également blanche et une petite veste en feutre vert, sans col. A l'endroit du cœur, on a cousu un oiseau noir.

Izak veut mettre le petit costume. "Non, non", dit Masta Pelmasta, et il l'entraîne vers l'arrière, tout au fond du sous-sol. Quand le maître tire un rideau, Izak aperçoit en hauteur de petites fenêtres à barreaux par lesquelles se déverse la lumière puis elle reste en suspension dans la poussière.

"On va te laver."

Où ça ? pense Izak, il ne voit pas de mandibak*[1].

"Là", dit Masta Pelmasta Wong, et Izak découvre alors la rangée d'aquariums, la lumière tombe dessus, il voit nager les poissons rouges, ils ne nagent pas en rond mais en carré, ils suivent les angles de leurs queues, ils ne coupent pas le coin.

"Et hop ! s'écrie le maître chinois en sortant à main nue un poisson de l'eau, et hop ! encore un", et il les transvase tout simplement dans l'aquarium voisin.

Puis il déshabille Izak, l'attrape sous les aisselles, et hop ! il le plonge dans l'aquarium désormais vide de ses occupants, mais l'aquarium est trop petit pour Izak, l'eau déborde en clapotant, l'aquarium est trop petit et pourtant Izak s'y retrouve assis, il sent les algues visqueuses qui glissent doucement entre ses fesses sales. Et si c'était un poisson rouge qu'on aurait oublié, qui se cacherait là ? Berk ! il nage entre ses fesses ! Izak veut se redresser mais

1. Bassine.

le maestro le fait rasseoir énergiquement dans le bac en verre. D'abord se laver !

*

Quand Izak, tout propre et habillé, se tient devant lui, Wong veut tout savoir de son histoire. Le nom de njonja Alma ne lui dit rien. "A Malang, dis-tu, une grande maison blanche dans la ville haute ? Non, la seule pianiste que j'ai vue jouer là, c'est Käthe Diehm-Winzenhöhler, célèbre dans toutes les Indes néerlandaises, je pouvais déjà lire les notes et on m'a permis de lui tourner les pages, à l'époque j'avais ton âge, je crois. C'était une œuvre de Pelmasta Pa Seelig, si je me souviens bien, tout le monde le connaît, naturellement, c'est le Pelmasta de Soerakarta. Nous nous sommes produits dans la grande salle du *Concordia*, tu connais ce bâtiment ? Oui, le *Club*, c'est ce que je veux dire.

Seuls les Européens y étaient admis en réalité, c'est exact, mais comme je savais lire les notes, ils ont dû me laisser entrer. Sinon le concert n'aurait pu avoir lieu."

Izak lui dit qu'il est responsable du piano de njonja Alma. Elle va lui apprendre, dit-il, quand elle sera de retour, elle va lui apprendre à lire les notes. Mais d'abord il doit retrouver le piano, c'est pour le piano de njonja qu'il est venu de si loin, dit-il.

"Quelle est la marque ? demande Masta Pelmasta Wong. Un Knies & Cie, sans doute ?"

Un piano a un nom ? Izak ne l'a jamais remarqué. Il tâte dans sa poche. Va-t-il montrer la clé ?

Masta Pelmasta Wong a une idée. Ulm continue de lui envoyer chaque année le calendrier de pianos édité en Djerman. Il les a soigneusement conservés, année après année, sans jamais en arracher une seule feuille.

"Est-ce qu'il y a «Stein» dans le nom ? demande-t-il. Est-ce un Bechstein, un Steinberg, un Steinbach ? Un Furstein, un Steinmayer, un Steinhoff, un Steinmann ? Ou peut-être un Steinbert, un Steingraeber, un Steinlager ? Ça ne peut pas être un Steinway, tout de même ?" Il feuillette encore. "Un Klingel, un Hupfeld ? A mon avis, ce n'est pas un Blüthner, un Bösendorfer, c'est exclu. Peut-être un Ibach, ou tout simplement un Schimmel ? Un Thürmer, un Rönish, un Förster, un Feurich, un Kühne, un Uebel ? Un Hoffmann, un Herrmann, un Zimmermann, un Klingelmann ?"

Izak examine attentivement les grandes images où figurent les modèles des salles d'exposition. Tout d'un coup, il ne sait plus. Il se demande : Est-ce important de savoir comment il s'appelle ? Maintenant qu'il y en a tant, ses idées se brouillent, il ne peut pas retenir les noms et il ne voit pas les différences. Un piano est un piano, pense-t-il, et le sien est celui de njonja.

Inlassablement Masta Pelmasta Wong continue de feuilleter les calendriers pianistiques, année après année.

A propos de chaque modèle, il donne des informations, sur la qualité de l'ivoire, la douceur du feutre, la souplesse de la pédale d'études ; il loue ou critique le brillant du vernis, la tension des cordes, le retour de la touche, il commente les résonances du timbre, la clarté de la main droite, la profondeur de la main gauche ; ici il esquinte un couvercle, là il encense les bronzes, mais il a toujours une approche personnelle des modèles, comme s'il les connaissait tous par expérience.

Mais il ne connaît pas le piano de njonja, pense Izak, agacé, tandis que les photos défilent sans discontinuer, est-ce que Masta Wong ne montrerait pas toujours les mêmes ? Elles se ressemblent de plus en plus, se dit-il, elles se ressemblent encore plus qu'au début.

Mais, au moment où il n'y croit plus, soudain il le voit ! Il s'écrie, il ordonne : "En arrière ! en arrière ! non, encore plus loin, non, c'est trop loin ! Oui, là, le voilà !"

Le piano de njonja est apparemment reproduit dans *Ein schönes Klavierjahr... 1940.*

Izak en est sûr, c'est bien lui, sans aucun doute. Il ne sait pas à quoi il l'a reconnu, les coins arrondis du pupitre ? Les pieds antérieurs chantournés ? Ou tout ça ensemble ? Simplement la photo n'a pas été prise chez njonja, il le voit tout de suite.

Wong examine la photo d'un air dubitatif. Il décrète : "C'est un Pleyel, et il ajoute, en faisant la grimace comme s'il avait malencontreusement avalé quelque chose à l'arrière-goût de caca : il vient de Negeri Perantjis*[1], c'est un piano français par conséquent. Il y a matière à réflexion, du moins en général. Un piano allemand chante de ses quatre-vingt-huit notes, un piano français est trop bavard pour moi. Certes, Pleyel est une maison respectable, rien à redire, ils fabriquent des pianos depuis bien plus longtemps qu'ils ne seront là pour le raconter. De belles lignes, une finition raffinée. Magnifique tout ça. Mais je dis toujours : pour la musique, il vaut mieux être en Allemagne."

*

Est-ce qu'il peut avoir l'image ? Il faut qu'il l'ait, absolument. "Est-ce que je peux l'avoir, s'il vous

1. France.

plaît ?" Il va déchirer la page très soigneusement. "Je vous assure, Masta, je vais la déchirer si soigneusement qu'on ne s'en apercevra presque pas, c'est seulement si on le sait qu'on le verra, on verra que quelque chose d'exceptionnel s'est produit dans cette belle année pianistique de 1940, mais autrement on ne remarquera rien, si on n'est pas au courant, toutes les années se ressembleront exactement comme avant.

— Bon, c'est d'accord", fait Masta Pelmasta Wong – mais c'est bien parce qu'il s'agit d'un Pleyel –, naturellement il ne le dit pas, il ne dit pas qu'il se passera plutôt deux fois qu'une de cette casserole française. "Si tu y tiens, beres, dit-il, conciliant, je te la donne."

Jamais encore une page n'a été enlevée des années allemandes, le *Kapellmeister* en est affecté plus qu'il ne veut l'avouer, on lui prend quelque chose qu'il ne retrouvera jamais jamais plus, quelque chose qui représente plus qu'un mois dans une année, plus qu'un piano parmi tant d'autres, on touche ici à quelque chose de spécial, on y porte atteinte, il y a soudainement des pas sur sa neige allemande immaculée d'autrefois, quelque chose meurt, quelqu'un, et si c'était lui qui cassait sa pipe ? Dans sa tête, Masta Betopi attaque d'ores et déjà un adagio, soudain c'est comme une pièce de milieu sur une table, les sons coulent sous les doigts, se répandent dans tous les sens, comme si un vase de fleurs s'était renversé et que Masta Betopi s'efforçait d'éponger, mais il n'y a rien à faire ! L'eau du vase poursuit son chemin, elle coule en filet, tombe goutte à goutte et reste suspendue comme des larmes au rebord de la table.

Extérieurement le *Kapellmeister* fait bonne figure, un homme doit être capable de soulever son propre poids, sur son petit doigt si nécessaire !

Il regarde, oh ! comme il regarde ! Comme ses yeux s'arrondissent quand Izak déchire adroitement la feuille. "C'est une belle image, dit Pelmasta, et il allume une cigarette avec des gestes élégants et méticuleux, prends-en bien soin.

— Oui, Masta, mais elle est si grande, il faudrait que je la plie ?" Izak pense à un petit paquet plat qu'il peut glisser sous sa ceinture. "Je peux la plier en quatre, Masta."

La page est de toute façon déchirée, pense le maître, il peut bien la plier en quatre. "Il est préférable de la rouler, dit-il, ainsi l'image reste intacte. Mais si tu veux la plier en quatre ou en huit, fais comme tu veux, ce n'est qu'un cliché après tout, comme dit le proverbe, c'est dans sa tête qu'on garde la vraie image, et il ajoute, pensif : La réalité, à son tour, se trouve quelque part ailleurs, pour ne pas parler du piano lui-même."

Izak entend bourdonner la voix, on dirait une mouche qui veut entrer, qui veut sortir. Il plie la belle image à angle droit, aussi soigneusement que possible, la déplie encore une fois pour s'assurer que le piano s'y trouve encore, replie la feuille – ça marche ! – et il met le petit paquet bien pratique sous la ceinture de son uniforme germanique récemment acquis, sous la chemise, de sorte que personne n'en saura rien.

*

D'abord ils attendent très longtemps, Izak ne peut dire si ça dure des heures ou des jours, si longue est l'attente. Et plus il attend, plus ça dure. Attendre ne fait qu'allonger la durée.

Il écoute le *Kapellmeister* entretenir la souplesse de ses doigts sur son clavier immaculé. Il compte et recompte les touches, de gauche à droite et de droite à gauche, il les compte deux par deux, trois par trois, à main entière, et il recommence, car Masta oublie de retenir ce qu'il a compté. Il regarde Masta se redresser et frapper dans ses mains, comme s'il écrasait une sale mouche grasse. Tout à fait réveillé, il est couché sur une natte, par terre, à côté du grand lit blanc et doux où Masta, épuisé, ronfle sous sa moustiquaire. Comme Masta, il pêche des nouilles grises à la sauce noire, dans une casserole cabossée. Il essaie d'imiter Masta quand ce dernier s'entraîne à prononcer des mots allemands, mais Izak n'y arrive pas, comment faire ? On dirait que Masta tente d'expectorer quelque chose, les mots allemands sont trop gros pour lui, il s'étrangle avec.

Pendant ce temps, Izak a envie de se promener, de toucher à tout ce qui est à sa portée, mais il n'a le droit de toucher à rien, il n'a pas le droit d'aller en haut, ni dans la galerie aux totoks amputés, ni dans la salle de concert, non, il n'a pas le droit d'y aller, il n'a le droit d'aller nulle part, il doit rester docilement assis, dit Masta Pelmasta Wong, "en musique chaque leçon commence et finit dans la discipline, dit-il, celui qui fait le zigoto, le chef d'orchestre lui tape sur les doigts avec sa baguette, c'est à cela que servent les baguettes, jeune homme, celui qui ne veut pas écouter le sentira passer, *ohne Maß keine Melodie*[1] !

Et maintenant, reste tranquille, boebie[2], je suis occupé, et, toi, tu n'as rien à faire pour le moment."

1. En allemand dans le texte, "sans mesure, pas de mélodie".
2. De l'allemand *Bubi*, "gamin, garçonnet".

*

"Un Chinois est toujours armé, dit un beau jour Wong, il porte sa sagesse comme un poignard qui sourit au clair de lune[1]." Et armés de cette antique sagesse ulmoise ils se risquent au-dehors, vêtus comme s'ils se rendaient à un gala, Masta Pelmasta Wong en tant que virtuose invité et Izak comme son tourneur de pages. Wong est convaincant : strictement habillé de noir et blanc, tenant entre ses doigts une longue cigarette mince avec laquelle il écrit, il esquisse un dessin dans l'air, traduisant avec légèreté toute la situation en signaux de fumée.

A dire vrai, Izak doit encore s'habituer à son équipement de musicien. Un sac à dos rouge en fait partie, apparemment, qui se porte par-dessus la veste de feutre vert. Masta a dit : "C'est comme ça, il faut le mettre ! En Djerman, ils en ont tous, les petits boebies."

Ça lui colle au dos, il y a de quoi étouffer avec la veste le sac à dos la chemise, il n'y a pas d'air qui passe entre les couches, ça ne respire pas. "Peu importe, dit Masta, l'uniforme n'y est pour rien, c'est la chaleur oppressante et moite qui est responsable, nous nous trouvons en plaine, et de surcroît au bord de l'eau, c'est une terre pour les crocodiles ici, ils étaient là les premiers. Il faut respirer lentement, marcher tranquillement, pelan-pelan*, sans se presser, l'aiguille du temps fait le tour du cadran, elle revient d'elle-même, ce n'est pas la peine de lui courir après."

1. Wong cite un extrait de *La Poésie lyrique chinoise* du Dr Vincenz Hundhausen, sinologue et poète, *alias* "Tortue et Dragon", ainsi que l'enfant chéri du monde intellectuel ulmois avait l'habitude de se définir. *(Note de l'auteur.)*

Le sac à dos rouge est bourré de provisions. Avec les pâtes à la chinoise Masta a fait des croquettes faciles à emporter et il les a empaquetées dans la feuille, amollie par trempage, d'un arbre dont il a par hasard oublié le nom – ce sont des choses qui arrivent ! – mais, l'arbre lui-même, il le connaît très bien. En outre, il lui restait encore une mangue et, pour boire, il a donné à Izak une vraie bouteille en zinc avec un bouchon de caoutchouc. Avec un savon pour se laver les mains et les pieds en route, et en plus une petite serviette pour s'essuyer le front.

Izak voulait d'abord garder la photo du piano sur lui, mais quand il a commencé à suer à grosses gouttes, il l'a rangée dans le sac à dos avec le reste.

"En fait, dans le sac à dos rouge, doivent se trouver des partitions, dit Masta Wong, il suffit de voir le format du sac, il est fait pour une partition de Peters[1]. Les gamins là-bas, on les voit marcher dans les petits chemins creux avec sur le dos la plus belle des musiques. Betopi, Tjoemah*[2], Tjoebèh*[3], Tjopèh bien sûr, les boebies les emportent tout simplement avec eux. Donc, mon garçon, quand tu auras retrouvé ta njonja, demande-lui, demande-lui si tu peux porter sur ton dos ses partitions de piano, en Djerman, ça commence ainsi, qui ne sait pas servir ne sait pas commander, ta njonja doit la connaître, la *Klavierstufen*[4] imposée : la *Schule der Gelaüfigkeit*, la *Schule der Fingerfertigkeit*[5], aaahhh ! cette

1. Célèbre maison allemande d'édition musicale.
2. Schumann.
3. Schubert.
4. En allemand dans le texte "la progression".
5. En allemand dans le texte : *L'Ecole de la vélocité*, *L'Art de délier les doigts*, ouvrages pédagogiques de Karl Czerny.

tjoeli*[1] germanique, une merveille, une merveille vraiment !"

Est-ce qu'il va me conduire à njonja ? Izak a-t-il bien entendu ? Il n'ose pas poser de questions, plutôt ne rien dire que de s'entendre répondre non.

Ils quittent la rue bombardée. Au loin quelque chose brûle, mais ils en ont l'habitude. "C'est au port, dit Masta, c'est justement là que nous devons aller. Izak regarde encore dans cette direction. On dirait une usine qui fabrique des nuages de pluie, pense-t-il, quand ils sont suffisamment noirs, ils donnent de la pluie. Ils commencent à pleuvoir et ils continuent de pleuvoir jusqu'à ce que tout rentre dans l'ordre.

*

Wong connaît exactement la route. Ils ont pris un cyclopousse, pas moyen de faire autrement, le tram à vapeur ne circule plus. Il n'y a plus de vapeur certainement ? "Oui, ça doit être ça", dit Masta. Ils sont assis tous les deux à l'avant du betjak, sous l'auvent de toile, c'est sympa. Masta montre du doigt : "Tu vois là et là ?" Son index troue la vue devant eux, en plein milieu : "C'est là que nous allons, boebie, nous allons dans cette direction." Derrière eux, le toekang betjak*, le conducteur du cyclopousse, pédale bravement en suivant le doigt de Masta, il évite avec adresse les nids-de-poule, pare les bosses, on ne l'entend pas, il ne souffle pas, il ne soupire pas, il ne dit rien, seules la chaîne, les pédales grincent, couinent, et surtout quand la route monte un peu.

En chemin, ils voient partout des animaux errants, ils sont dans les jardins, ils traversent les rues, ils

1. Discipline.

voient même un karbau, et encore un autre, les bêtes les regardent passer dans leur cyclopousse. Qu'est-ce qu'ils font ici ? En ville ? "Ils cherchent des gens pour s'occuper d'eux, dit Masta, dans les villages il n'y a plus personne, tout le monde est parti à la guerre, y compris les petits paysans, et depuis que la guerre est finie, il y a toujours de nouvelles guerres, tout le monde veut la mort de tout le monde. Tu as vu ce petit drapeau au guidon du toekang betjak ? Ce drapeau rouge et blanc ? C'est le drapeau d'Indonesia Merdeka*, de l'Indonésie libre, comme ils disent, les jeunes Javanais, les pemoedas, ils braillent à s'en casser la voix, ils tirent à balles, ils disent : «C'est d'abord Belanda qui commandait, puis Djepan, et maintenant c'est Djawa qui commande.»"

Est-ce que le conducteur tire aussi à balles ? se demande Izak, c'est un jeune Javanais, il est là, silencieux, derrière notre dos, est-ce qu'il a un pistolet dissimulé dans la poche de sa culotte ? Pour abattre les gens. Mais Izak ne le dit pas de cette façon, il l'exprime autrement : "Mais Masta, le toekang betjak qui nous conduit, il ne fait rien, il ne crie pas.

— Non, admet Masta Wong, pas le toekang, il respire seulement. Il ne va pas nous tirer dessus."

Entre les bâtiments ils aperçoivent les vastes eaux du Kali Mas, à moins qu'il ne s'agisse déjà de l'océan. "C'est ici que commence le port, dit Masta Wong, si tu regardes bien, tu verras peut-être les navires." Izak écarquille les yeux mais il ne voit rien, il y a trop de miroitement à la surface de l'eau.

A terre, sur le quai – comment faut-il dire au juste ? – tout est désert. Les fenêtres des entrepôts ont volé en éclats, des toiles d'araignée poussiéreuses peluchent dans les coins, les rideaux de fer sont en train de rouiller, sur les toits poussent des plantes, même des arbustes, partout l'alang-alang prolifère, Izak voit un autobus dont les roues ont été enlevées, à la place on a mis des blocs de bois. Des roues carrées, se dit-il.

"C'est le vieux port ici, dit Wong, nous devons aller au nouveau port qui donne sur la mer, là où mouillent les grands steamers de la Lloyd, ils sont trop gros pour ici, ces boetas*[1], pour le simple fleuve."

Le toekang betjak halète désormais, on dirait qu'il souffle pour gonfler quelque chose qui se vide sans arrêt, une poche déchirée par exemple, il souffle à la cadence des pédales. Et s'il ne pédalait pas ? S'il faisait avancer le betjak en soufflant ? La toile serait-elle devenue une voile ? Et il les propulse en soufflant, toujours plus loin, en direction du large. Ils vont de plus en plus vite, si Izak ne se trompe pas, pas besoin de pédaler, pas besoin de souffler, on est en roue libre ! Passe la main, mon garçon, tu n'as plus besoin de haleter, c'est le vent qui nous emporte.

*

Wong donne un soekoe*[2] au cycliste, pour la peine, et, de son autre main, il montre à Izak l'endroit où il est arrivé, on dirait que la main tire un rideau, est-ce un tour de magie ? Oui, de sa main, sa main de pianiste, il fait apparaître une vue marine ; juste sur la ligne qui sépare la mer et le ciel se profilent les silhouettes de schooners du pays bugis[3], au

1. Ces géants.

2. Une pièce de cinq centimes.

3. Peuple de navigateurs, dans l'île de Célèbes, en Sulawesi du Sud.

premier plan les pirogues étroites font voile sous le vent, et c'est seulement lorsque Wong le lui montre qu'Izak découvre dans la rade un paquebot de la compagnie Lloyd, de Rotterdam, ça alors ! Quel boeta de bateau ! "C'est le *MS Hollander,* dit Wong", il est chez lui ici, Masta, il connaît tout et tout le monde.

Izak est fasciné, il y a tant à voir, il ne peut détacher ses regards de la perspective, les gros bateaux, les petits, les oiseaux dans l'air, sur l'eau, il en voit tant qu'il ne les voit pas. Dans la lumière vive, dévorante, qui efface toutes choses. Il fixe la mer si longuement qu'il commence à distinguer une terre, tout naturellement. Elle est très loin, mais il l'aperçoit réellement, ce n'est pas un mirage. Betoel ! Une bande de terre. Est-ce Negeri Belanda, là, à l'horizon ? Il veut poser la question mais Wong est parti, il se trouve un peu plus loin à tailler une bavette, à marchander avec un Javanais en uniforme bleu foncé. "Viens, lui fait signe Wong, sans lâcher l'homme en bleu, viens par ici.

— Negeri Belanda, dit Izak. Tout au bout de la mer, là où commence le ciel.

— Non, dit Wong, là-bas, c'est l'île de Madura, ce n'est pas un endroit sûr. Negeri Belanda se trouve de l'autre côté du globe, du côté froid, là où le soleil a de la peine à venir. Là-bas, c'est la lune qui brille principalement, elle est en argent, là-bas, comme en Negeri Djerman, du reste."

En même temps il adresse un clin d'œil à l'homme avec qui il bavarde, il rit, l'inconnu, le Javanais, de toutes ses longues dents jaunes il rit d'Izak.

Wong fouille dans ses poches, il donne à l'homme une roupie entière, il presse du pouce la pièce d'argent dans la paume du Javanais où elle reste collée, Izak en est témoin, il l'a vu de ses yeux !

Wong fait signe à Izak : "Viens, nous devons continuer."

Est-ce qu'il connaît tout le monde ici ? Il sait exactement où aller dans le port de Tandjoeng Perak, il salue au passage des groupes de manœuvres, des hommes en uniforme, c'est comme s'il était chez lui. Est-ce qu'ils connaissent tous Masta Pelmasta Wong ? Est-il pour eux le célèbre pianiste, le virtuose très demandé, sillonnant les mers sur invitation, toujours en partance pour les applaudissements suivants, et, entre-temps, fumant une cigarette sur le pont promenade de première classe, quand c'est le calme plat et que le ciel est bleu – tandis qu'en bas, dans la cale, le Bösendorfer oublié, emmailloté de paille dans sa caisse en bois blanc, attend les doigts véloces du magicien qui vont libérer les sons merveilleux, les faire naître sous la caresse, les réveiller en taquinant l'ivoire sous lequel ils sommeillent, l'ivoire qui fait rêver en permanence.

Ici aussi, sur le quai, Masta se comporte en passager de première classe, il ne marche pas, il se promène ; sans un regard, il projette son mégot d'une chiquenaude dans l'eau indifférente, il n'est pas pressé, il a l'air de savoir ce qui va arriver, ses pas sont des notes, il les lit sur la partition.

*

"Les pianos sont entreposés dans les hangars du terminal, à Pangkalan Barat, mais ils disent que le plus grand nombre a été déjà embarqué, les connaissements ayant malheureusement disparu pendant la guerre précédente, nous devrons nous fier à cette déclaration ; le *MS Hollander* doit appareiller demain de bonne heure, donc ça devrait marcher. Je n'ai pas retrouvé ta njonja Alma sur la liste des passagers, voyagerait-elle sous un autre nom, est-ce que tu le sais par hasard ? Non, je ne crois pas qu'elle soit partie sur un autre bateau… les services réguliers ont été supprimés, tu dois te réjouir qu'un boeta de ce type parte pour Negeri Belanda, la plupart gisent dans le noir, au fond de la mer, les poissons entrent et sortent comme chez eux, il y a plein d'armées sur le pied de guerre, elles tirent le canon elles bombardent elles torpillent, il n'y a pas grand-chose qui continue à flotter, c'est connu."

Est-ce que njonja a un autre nom ? Izak ne comprend pas. Elle ne le lui a jamais dit. "Un autre nom, pour quand elle se trouve autre part, assure Wong, c'est une chose courante." Izak se dit : Alors il n'y a personne pour savoir qu'elle est njonja. Et, elle, est-ce qu'elle se souvient qu'elle est njonja ? Se souvient-elle encore de la promesse ?

"Elle m'a promis", fait-il, et il le dit si faiblement que c'est inaudible.

Masta veut l'aider, le consoler ou quelque chose comme ça. "J'ai mis une partition dans le sac à dos, dit-il, ce sont les *Waldszenen* de Tjoemah*[1], je crois. Tu auras au moins quelque chose à lire pendant le voyage."

Il commence à tirailler à farfouiller dans son dos, il sort du sac un cahier plat. "Oui, ce sont les *Waldszenen*, c'est bien ce que je pensais." Le cahier est froissé, il le découvre à l'instant, s'en irrite, il lisse les plis de la main, ils ne s'en vont pas. "Ils ne s'en vont pas", dit-il.

Il s'accroupit à côté d'Izak, ouvre le cahier. "Regarde, ce qui est écrit là, c'est de la musique, Masta Tjoemah a écrit le cahier en Djerman, il l'a mis en lieu sûr pour le conserver, il a écrit bien proprement, à la plume et à l'encre noire, oui, sans faire de pâtés, tu as bien vu."

1. En allemand dans le texte : *Scènes de la forêt* de Schumann.

Izak veut apprendre mais c'est trop difficile, il ne sait pas ce que Masta Pelmasta Wong veut dire, en un sens il le comprend, mais en même temps il ne le comprend pas.

"Regarde toi-même, dit le maître toujours accroupi, la feuille est blanche en majeure partie. Ce n'est pas pour rien. La musique, c'est du silence, du silence où l'on fait intervenir du son ici et là, mais avec précision, pas n'importe comment, je te le garantis. Tu vois les petites billes noires, les petits traits, tout l'art est de savoir où ils doivent se placer. Trouver le ton juste. Il y a beaucoup de mauvais, de vilains sons, et nous, Mastas et Pelmastas de Djerman, nous recherchons les sons purs, justes, nous nous isolons du bruit.

L'important, c'est le blanc, dit Wong, il s'est redressé et il fait désormais de grands gestes de chef d'orchestre. Le blanc, dit-il – et il désigne vaguement quelque chose –, s'y égarer et s'y perdre, oui, et puis trouver les signes que le maître allemand a placés à notre intention, voilà de quoi il s'agit ! Il s'agit de suivre la piste dans la neige immaculée, mettre soigneusement ses pas dans les pas de celui qui nous a précédés dans le silence, il est bien loin devant nous, il n'est même plus un petit point à l'horizon."

La partition se trouve désormais sur les pavés du quai, un souffle de vent désœuvré en feuillette les pages. Masta Pelmasta Wong connaît tout par cœur, il n'a pas besoin d'y jeter un œil. Izak se demande s'il a le droit de ramasser lui-même le cahier, il observe le souffle de vent qui soulève et repose toujours la même page, soulève et repose.

*

Ils marchent jusqu'à ne plus rencontrer âme qui vive dans la blancheur aveuglante de l'après-midi, ils vont jusqu'au bout du quai, arrivent sur une jetée. Ça sent la corde et le goudron fondu. Des deux côtés il y a la mer, et, au bout, il y a aussi la mer, il fait une chaleur torride, la jetée tremblote dans le lointain, à cet endroit ce qui est ferme devient soluble, soupçonne Izak, la pointe extrême de terre semble déjà s'évaporer, se dissoudre dans l'air.

On peut vraiment aller par là ? Il n'a pas confiance. Et s'ils allaient s'évaporer eux aussi, comme des djinns qui se volatilisent quand personne ne le voit ?

Il commence à se sentir oppressé dans son costume d'emprunt, le sac à dos lui colle au dos, les bretelles de sa culotte en peau de chèvre lui cisaillent les épaules, il transpire sous les aisselles, entre les fesses, le cuir chevelu lui démange.

Masta Pelmasta n'est en rien incommodé, il ne retire pas sa veste, il ne roule pas ses manches.

"Là !" dit Masta, à la pointe de la jetée, le bateau des messageries maritimes attend, mais Izak ne voit rien, il n'y a que cet horizon en train de fondre et de se vaporiser. "Il va te conduire jusqu'à la rade, en pleine mer, le *MS Hollander* est trop gros pour entrer au port, sa quille est trop profonde. Pour cette raison, il ne peut entrer nulle part, il est condamné à rester au large, ce boeta, il n'atteint jamais la terre ferme."

Ils entendent leurs pieds résonner lourdement sur les planches de la jetée, c'est du bois archi-vieux, lessivé par le sel marin, des pieds qui ont disparu l'ont usé, ces pieds sont engloutis, ils sont montés sur des bateaux, ont pris le large, ça n'intéresse personne, en bas, contre les pilotis des immondices flottent, il y a une sale odeur de méduses échouées, d'hippocampes crevés, la houle pousse et pousse encore, mais les déchets ne s'en vont pas.

"Est-ce que tu le vois, là, sous ton nez ?" Izak ne voit toujours rien. "Peu importe, moi je le vois, dit Masta, je t'accompagne à bord, je te conduis jusqu'au grand navire."

*

Le bateau démarre en trombe. Est-ce qu'il les aurait spécialement attendus ? Le pilote ne se montre pas, les vitres de la cabine de pilotage sont maculées par les vapeurs grasses de gazole qui, au sortir de la petite cheminée trapue, retombent immédiatement sur le pont, sur le toit du rouf, ça les prend à la gorge. Masta aime fumer, mais trop c'est trop. Il fait coulisser un panneau et pousse Izak devant lui, à l'intérieur de la cale étouffante.

Et puis il allume immédiatement une cigarette. "Un peu d'air frais", dit-il.

Ils sont les seuls passagers.

"Dommage que tu ne puisses pas regarder dehors à ton aise, dit Masta. Plus on s'éloigne de la côte, mieux on voit le pays, c'est quelque chose de magnifique, on le voit plus nettement qu'on ne l'a jamais vu, on s'en met plein les mirettes – on regarde, on regarde jusqu'au moment où soudain on ne voit plus rien."

Izak découvre une petite fenêtre. Il essaie d'en nettoyer un coin mais sans succès, la saleté est à l'extérieur.

"Tu penses peut-être : le pays n'est plus là, mais ce n'est pas vrai, il est simplement parti ailleurs, il est parti vers un lieu qui, si je me souviens bien, est appelé *Gedeknis*[1] en Djerman, on n'a pas besoin de demander son chemin, dit-on à Ulm, les souvenirs vous y conduisent d'eux-mêmes. Ils arrivent quand on ne trouve pas le sommeil, ils attendent qu'il fasse nuit, ils disent : Je connais à un certain endroit quelque chose qui te sera familier, mon garçon, c'est même la chose que tu connais le mieux, pour l'avoir vu de tes propres yeux."

Izak écoute le teuf-teuf et les pout-pout du moteur, la voix qui monte et qui baisse en parlant, il sent vibrer la banquette en bois le garde-corps, il sent la houle sous le large bateau plat, le clapotement résonne jusque dans sa tête son estomac, il a des fourmillements dans le bout des doigts.

Il pense au gros navire, il n'ose pas poser de questions, Masta a déjà dit tant de choses, mais lui, Izak, n'a pas compris. Est-ce que njonja serait à bord ? Le piano y est déjà, ça, c'est sûr, c'est bien ce qu'il a entendu, n'est-ce pas ? Heureusement qu'il a l'image avec lui, le nom est écrit dessus, le piano a un nom, il s'appelle Pejel, Izak peut montrer la photo, et ils liront le nom, lui-même ne le peut pas, jadis il savait, quand il n'y avait pas la guerre, à l'école amboinaise, à côté de la caserne, il pouvait lire des lettres lire des mots écrire aussi, maintenant il a oublié, c'est dommage. Maintenant il faut qu'il entende les mots, à condition de bien écouter, autrement ça ne sert à rien, s'il n'a pas envie, il entend seulement le son.

Njonja sera certainement fatiguée, il y a si longtemps qu'elle est partie. Il ne sait plus très bien comment il doit penser à elle, la seule chose qu'il sait avec précision c'est qu'elle lui manque, il se sent complètement vide du fait de cette absence.

1. Déformation de l'allemand *Gedächtnis*, "mémoire".

Il veut s'occuper d'elle, voilà ce qu'il veut, aller lui chercher ses lunettes, lui apporter son livre, il adore ce genre de choses. “Il y a des chaises longues – il comprend enfin de quoi parle Masta – sur le pont de première classe, on peut étendre ses jambes et se renverser confortablement en arrière, un coolie porte vos bagages, un djongos vous sert du thé, les tasses sont en porcelaine, fines comme de la coquille d'œuf, elles se brisent si on ne fait pas attention. Et le djongos vous apporte aussi à manger, autant qu'on veut. Mais, toi, tu voyages en quatrième classe, tu le sais ? En bas, c'est peut-être différent, je n'en sais rien, tu verras bien. Un aussi gros navire, c'est une ville en soi, un monde en soi, je sais par exemple qu'on y donne même des concerts, je fais bien d'en parler, à l'occasion je demanderai qui joue.”

*

Ils le hissent au bout d'un cordage, le long du flanc abrupt du navire, il respire une odeur de goudron et de gazole, le géant de fer dégage une chaleur ardente, l'air est irrespirable. En bas, Masta Pelmasta Wong lui fait de grands gestes : “Au revoir, selamat djalan*, bon voyage ! Et salue la Hollande de ma part !” Izak le voit, ne le voit plus, la corde lui coupe les mains, sous lui le vide qui se creuse a le tournis, tout bouge, la corde se balance, l'embarcation tout en bas est ballottée sur les flots la mer est houleuse elle clapote sur la paroi du navire.

En haut, sur la coursive, ils le laissent immédiatement passer, il n'a pas à montrer quoi que ce soit, ni document de voyage, ni billet, ni argent. “Tu dois être dans le ventre du bateau, disent-ils, tu dois passer par là et par là." Il ne comprend pas, veut redemander, mais les matelots ont déjà disparu.

Est-ce que Masta… ? Il veut regarder en bas, en se penchant au-dessus du bastingage, mais arrive un groupe de coolies qui veulent passer avec sacs boîtes et valises, il se met sur le côté, il recule d'un pas, mais pas assez vite, il doit les suivre, ils ne le forcent pas, non, il leur emboîte le pas de lui-même, impossible de faire autrement, il ne peut plus revenir en arrière. En arrière ? Et vers où ? Une porte en fer rouillé s'ouvre, ils arrivent au pied d'un escalier, la pelote de gens de sacs de valises de boîtes monte l'escalier. "Pas toi, lui dit-on, toi, tu dois descendre, dans la cale, dans le ventre du boeta."

Il dit : "Mais njonja ?" – Où peut-il la trouver ici ?

"Il y a un pont avec des chaises longues, on peut étendre ses jambes confortablement, dit Masta Pelmasta Wong, il y a des toekangs et des coolies, ils servent le thé dans des coquilles d'œufs, il y a un pianiste, mais personne ne sait qui c'est, il a un très gros livre pour jouer du Betopi, mais personne ne tourne les pages, car il n'y a aucun boebi qui puisse lire les notes, le pianiste a drôlement besoin de ses deux mains pour attraper la musique, sans les mains, ça ne marche pas, c'est bien connu. Ce qui n'est pas touché ne peut être entendu."

Les coolies hochent la tête, ils comprennent le problème, en hochant toujours la tête ils grimpent l'escalier, avec leurs boîtes leur fourbi, ils lui souhaitent bonne chance, nous n'avons pas le temps, mais toi si, heureusement, selamat siang*, bonsoir, petit, nous continuons.

L'escalier est très raide. Il est en bois et en fer, il fait sombre, les pieds doivent trouver les marches en faisant bien attention, et la main doit tenir la rampe. Ne pas regarder en bas ! De toute façon ça ne sert à rien, il fait trop sombre en bas, la lumière claire et transparente est en haut, elle préfère rester dehors, là où elle peut respirer, elle ne se laisse pas enfermer, elle doit pouvoir sortir.

Quand il a atteint l'obscurité au fond, il découvre qu'il se retrouve dans un dédale de couloirs avec des niches et des alcôves un peu partout. On est dans la soute, là sont entreposés des cordages, des boîtes de conserve, des cageots, des cartons mais aussi des gens. Ils sont entreposés, eux aussi, ils sont allongés dans les niches aménagées dans les parois, on dirait qu'ils sont empilés sur des étagères. Est-ce qu'ils sont malades ? Et s'ils étaient morts ? Non, ils respirent encore, ils toussent ils fument, mais surtout ils sont allongés, ils sont là pour être allongés.

Izak se dit : C'est tellement étroit ici, il n'y a pas de place pour un piano, et certainement pas pour un piano aussi grand et aussi beau que le Pejel de njonja ! Je ne suis pas au bon endroit, c'est sûr ? Il veut s'informer mais personne ne sait, ici personne n'est au courant de rien, ils haussent les épaules ils toussent ils crachent par terre. Il n'ose pas montrer l'image du calendrier d'Ulm, il a peur qu'elle ne lui soit piquée, on ne sait jamais, des gens qui crachent entre leurs propres pieds sont bien capables de voler, ils sont comme ça quand il fait noir.

Quelqu'un demande : "Où sont tes bagages ? – J'en ai pas." Izak n'ose pas tourner la tête. On lui tripote son sac à dos, le rabat est ouvert. Il crie : "Arrêtez !" et il se retourne. C'est un des types couchés dans les niches, un malade ou un mort, sa main est un sac d'osselets, sa peau est fine et ridée comme du cuir de singe.

"Qu'est-ce que tu vas manger si tu n'as rien emporté ?" dit la voix sans timbre, un poste de radio qui continue à marmonner, quelqu'un a oublié de tourner le bouton à fond pour éteindre. "Peut-être que tu vas manger des poissons volants qui vont te sauter d'eux-mêmes dans le bec ?

— Tidak*, toean, non monsieur, répond Izak, aussi poliment que possible.

— Et tu vas te mettre où ce soir ? Est-ce que tu as déjà trouvé un bat-flanc ?

— Tahoe* tidak, toean, je ne sais pas, monsieur."

C'est alors qu'une corne d'alarme se met à beugler dans les couloirs, piétinements, cris, quelqu'un veut passer, et puis quelqu'un d'autre, qu'arrive-t-il ? "Le boeta lève l'ancre, dit la voix, la mer va se mettre à bouger, le pays nous oubliera."

Des gens se ruent dans l'escalier, ils demandent : "Tu ne veux pas aller voir en haut, près du bastingage ? Nous partons très loin, est-ce que tu ne veux pas dire au revoir ?" Il y va, lui aussi, avec les autres, parmi des dos sombres, des corps et des jambes, partout des jambes, il grimpe il trébuche avec les autres en direction du pont.

Vers la lumière ; elle lui pique les yeux, il cligne des paupières, il repousse de la main la lumière vive, étincelante ; c'est une bousculade dans les coursives, les gens s'appellent, se retournent les uns vers les autres, "Alors tu viens ?". Il se fraie un chemin parmi les jambes, son sac à dos rouge reste accroché, partout des gens bouchent le passage, il doit jouer des coudes pour arriver près du bastingage, il se faufile entre les jambes, il se fait aussi petit qu'il peut.

Et la vue se déploie, enfin.

En bas, juste au-dessous de lui, il voit des pirogues, de maigres silhouettes attendent, repliées sur elles-mêmes comme des pélicans, plus loin sur l'eau argentée les bricks les trois-mâts ont arrisé leurs voiles, tout est immobile, dans l'expectative. A bord c'est une cohue de tous les diables mais le calme environnant se tient aux aguets, prêt à tout engloutir.

Les passagers ne le remarquent pas, ils agitent la main encore et encore pour dire au revoir, mais à qui, au juste ? Ils se pressent tous ensemble contre le bastingage, ils s'écrasent le nez contre les hublots.

Le bateau de Masta est-il encore là ? Izak ne le voit pas.

A-t-il eu un moment de distraction ? Soudain il voit le paysage qui évolue lentement, le navire ne bouge pas, mais tout ce qu'il y a autour commence à évoluer à glisser, il a l'impression qu'il commence à tomber, il tombe et tombe, selamat tinggal*, adieu ! crie quelqu'un au-dessus de lui, un autre se met à pleurer à gémir, adoeh kasihan, ils vont nous oublier ils vont nous oublier.

Il veut penser à njonja, mais, pour croire en lui-même, il doit prononcer son nom à haute voix, njonja, dit-il, njonja Alma. Oui, mon garçon, que veux-tu ? demande-t-elle, un peu distraite, en levant les yeux de son livre. Mais il ne sait pas ce qu'il veut lui demander, pour l'instant il ne le sait pas. Tout à l'heure, quand il l'aura retrouvée, il se souviendra. Il cherche à tâtons la clé dans la poche inconnue de la culotte étrangère. En bas, dans le ventre du bateau, le Pejel attend, emballé dans de la paille et du bois blanc. Il essaie de penser au piano, et c'est quand il pense à la belle photo du calendrier de Djerman que ça marche le mieux.

Dans la foule qui se presse au-dessus de lui, on crie : "Selamat djalan ! selamat tinggal ! Bon voyage, bonne chance à vous tous, adieu !" Izak sent dans son dos les genoux tremblant d'émotion les tibias, dans un instant ils vont le pousser entre les barreaux et plouf ! il va tomber à la mer ; alors il sera mort comme un machin quelconque, il ne sait pas nager. "Ne poussez pas comme ça", dit-il, il le dit assez doucement car il sait bien, à la vérité, que personne ne l'entend.

ÉPILOGUE

Des années plus tard, alors qu'il entamait tout juste une carrière de professeur en sciences sociales, il l'a aperçue encore une fois. C'était à Overveen, où rien de particulier ne l'amenait par ailleurs. Elle se promenait en donnant le bras à un monsieur blême, qui tenait avec sollicitude un parapluie au-dessus de sa tête, alors qu'il ne pleuvait pas. En le croisant elle le regarda mais sans le voir. Elle perçut simplement quelque chose lui rappelant "les Indes" qui la fit sourire mélancoliquement. Etait-ce bien njonja Alma ? Ses yeux étaient devenus si grisâtres. Il voulut se faire remarquer d'elle mais son regard à elle resta éteint comme du verre embué.

Il les suivit à quelque distance, il les vit entrer dans une villa entourée d'une haie basse. Il resta un moment à regarder, peut-être pour voir s'il y avait un piano à l'intérieur. Mais les vitres miroitaient, il n'a rien vu. Et appuyer sur la sonnette simplement, il n'a pas pu.

Du moins, il a noté l'adresse, au cas où. Il l'a toujours.

OUVRAGE RÉALISÉ
PAR L'ATELIER GRAPHIQUE ACTES SUD
ACHEVÉ D'IMPRIMER
SUR ROTO-PAGE
EN MAI 2011
PAR L'IMPRIMERIE FLOCH
À MAYENNE
POUR LE COMPTE DES ÉDITIONS
ACTES SUD
LE MÉJAN
PLACE NINA-BERBEROVA
13200 ARLES

DÉPÔT LÉGAL
1re ÉDITION : JUIN 2011
N° impr. : 79658
(Imprimé en France)